U0062100

回到遺憾前

梁望峯

目錄

第一章

一輩子的好朋友

「我有女朋友。」

「你愛那個女人嗎？」

「兩個人在一起不一定因為有愛。也許，我和她都符合了對方想尋找的特質。」

「那麼，我終於明白，你當年為何要拒絕我了。我就是你永遠無法承認的特質。」

還有四天，童心樂園正式結束營業，終結四十年的輝煌歷史。曾小霖有十萬個不再踏足樂園的理由，但他還是去了，只為了這是最後的一次，不會再有下次機會了。

走進佔地遼闊的主題樂園，他像遊魂一樣的晃着，園內的一切既熟悉又陌生。畢竟，上次前來已是八年前的事了，人事早已幾番變遷，樂園又何嘗不是？

走進兒童玩樂區的範圍，路過哈哈鏡，見到經過的遊人都情不自禁的走近落地大鏡前擠眉弄眼，鏡中的人變得時肥時矮或拉長了。曾小霖停在哈哈鏡前看看扭曲了的自己，他甚至不用裝，就足已反映出真正的他了。

坐過一巡平靜安穩的摩天輪，曾小霖瞧見一柱擎天的跳樓機，和連續扭麻花似的連續轉四個三百六十度大圈的過山車，自問心臟承受不來的他，已無法跟少男少女爭一日之長。

離開了遊客此起彼落的機動遊戲區，他穿進一個以森林做主題的園區。園區內種植了很多茂盛的高樹，有一條小徑引導着前路，小徑道上有着從樹上飄落、色澤由蒼綠轉換成銘黃的碎葉。在綠樹婆娑間，天上有暖煦的光暈，透過樹幹上的葉子縫間散渙在他身上，偶爾更傳來各種野獸和雀鳥的叫聲，營造出一片熱帶雨林的迷離氛圍。

徒步走進這片叢林開始，四周便無一個遊人，曾小霖心感奇怪，好像墮入了迷失世界。

就在這時候，他望見在灰調為主的樹木中，有一個白色電話亭，叫人感覺格格不入。但也由於這樣，他忍不住好奇心，慢慢走了過去。透過門前玻璃，見亭內空無一人，他拉開白色的把手走進去了。

亭內擺着一個黑色的旋轉撥號式舊電話，電話機旁有一塊牌子，牌上有一行大字標題寫：「回到遺憾前」，下面有三行小字，寫着三個規矩：

① 提起電話筒，說出你希望修補的遺憾。

② 憾事只限發生在本樂園內，你也只能回到造成遺憾的那一天。

③ 在樂園當日關門之前，必須將話筒掛回電話機上，完成整個修正遺憾的程序。

曾小霖看着那個牌子，久久作不出反應。

這是甚麼捉心理的遊戲嗎？

身在這個造型典雅的電話亭內，透過玻璃看到外面一片霧茫茫的林中氛圍，曾小霖內心居然有一刻平靜下來了，不禁反問了自己一句：對了，在這個樂園裏，你有沒有留下甚麼遺憾？

是的，有的。

他人生中最大的遺憾，正好就是發生在童心樂園內。細心一想，他在樂園內留下的憾事，更是出奇地巨大。甚至乎，可不可以這樣說呢？他的人生由好變壞的轉捩點，就是由離開這個樂園開始的。

——這個電話亭，簡直好像為他而設的一樣。

雖然，明知只是故弄玄虛。正如世人都愛求神問卜，但要是所有人也如願以償，只會令到世界貧富失衡、愛情失衡、生死也失衡。因為，大多數人所尋求的，來來去去都是我希望有錢、我希望找到最愛的人，以及我希望健康長壽。

所以，求也好不求也罷，總有百分之五十的人成功，其餘百分之五十的人失敗。成功的人將成功的原因歸咎於神明庇佑，對自己付出過的努力也是不公平的。

是的，曾小霖就是那種理智完全蓋過感性的人，所以，他總是能夠冷靜地判斷一些事，不至於被感情用事左右，壞了大事。

縱使如此，他仍是不自覺地提起了電話筒。與此同時，他又不禁在心裏馬上自嘲有多笨。

（曾小霖先生，你到底在做甚麼？）

是的，他從不玩這些把手掌放進去就會告訴你命運走向的占卜機，或者到廟街光顧算命師或塔羅牌師，他一向對那種事嗤之以鼻，更不想預知未來。可是，回到過去的遺憾之前呢？這可能比起預知未來，更加荒唐百倍。

（請你放下電話筒，別像個傻子了！）

理智嚴正警告他別做傻事，所以，他只得接受大腦的指令，將拿起了的話筒放回原位去。可是，他還是自嘲似地說了一句：

「真有機會修正遺憾，就讓我跟郭子傑做一輩子的好朋友吧！」

就在他講出這個心願的兩秒間，時空好像即時扭曲停頓，周遭景物像掃上一層馬賽克，黑白灰閃影打轉，一束幻彩金光急速墜落，乍現在他面前，他被瞬間席捲而至的光芒嚇得闔上了眼，整個人頭暈轉向的。過了十秒或更久，那種恍如置於浮台的晃動感才告消失。當他再次睜開眼來，竟發現手握着的電話筒不見了，他身在的電話亭也不見了，甚至乎，四周的樹林都消失得無影無蹤。

曾小霖只見自己在一個舊墟似的地方，四周有很多模擬八十年代舊墟的裝修，也有很多露天傘座，給遊客休息和用餐。而他看到自己正佇立在一條頂頭上有三盞燈的燈柱下，他心裏一片惘然，弄不清這是不是甚麼驚人的大型幻術，但他太理智，馬上否定了那個假設。

尤其，當他垂頭一望，發現自己全身衣着也不同了，那身裝束卻是他似曾相識的，因為，那就是他慶祝自己十八歲生日那天的打扮。那件 Zara 的短袖恤衫，那條 A|X 牛仔褲和 Nike Air Max 球鞋，皆是首次穿上。

成為成年人的第一天，他希望給自己煥然一新的感覺。這些在人生中極其深刻的印象，一下子全湧回了他心頭。

天上的陽光很猛烈，沒有綠葉阻擋着光線，他的皮膚好像給灼痛了。他再摸摸自己的面孔，卻因過分震驚而發冷。一切來得如此地真實，他清楚意識到了，在他身上發生了不可思議的事，他真的回來了。

——回來了，遺憾發生的　天。

這時候，有人拍拍他後肩，他無意識的轉過身去，眼前的人叫他愣愣的。

「你怎麼呆住了？」對方面露笑容的問。

是郭子傑。

郭、子、傑！

* * *

曾小霖和郭子傑，只差一點，就能成為一輩子的好朋友。

二零一二年，兩人在最後一屆中學 A-Level 結識。那天考的是最後一科，小霖因連續考了幾個科目，已經心力交瘁，再加上臨考前的一晚，他死命地把課本啃完又啃，在晨光乍現的時候，他才倒在床上。睡不夠兩小時，就要起床出門，走到一家完全陌生的中學考場來。

他在那家中學旁找到一家麥當勞吃早餐，吃了幾口已一陣反胃，完全吃不下嚥。筋疲力盡的他，只好伏在餐桌上休息，不消數秒便昏迷。

他做了一個恐怖的夢，夢中的他被一群喪屍從後追趕，逃到一個十字路口前，發現喪屍正從四方八面襲來，被困在中間的他，只有死路一條。

正當他絕望之際，忽然聽見一把溫柔的聲音響起：「你在發噩夢，只要醒來便沒事了。」這把男聲疑幻疑真，卻給了他重要的啟示。他迅速恢復了理智，提醒自己那不會在真實世界裏發生，就這樣，喪屍們那只差幾呎便伸到他面前的潰爛而血淋淋的手，倏地消失不見了。

他再睜開眼，只見有個少年站在他身旁，正用手輕輕拍着他的肩，用溫和的語氣說：「差不多要出發去試場了。」

驚魂未定的他，一下不懂反應，少年向他放在桌前的透明文件夾內的准考證抬了抬下巴，「不好意思，我瞄到你是應考生。」

這時，小霖總算清醒過來，一看手錶大呼好險，抬起眼驚異地看他，「謝謝你叫醒我，否則我一定睡過頭，不用去考試了！」

「小事一樁。」少年朝他露出雪白整齊的牙齒，明朗地笑了，「祝你考試成功！」

「謝謝你！」

少年推門離開了，小霖一直透過落地玻璃，感激萬分的凝望着少年走過的身影，直至再也看不見他為止。

走進考場，編排在禮堂後座的小霖，路過前頭座位的考生時，驚異地發現了剛才的少年。少年正垂着頭在讀筆記，作最後的溫習。小霖擦過他身邊，很想打個招呼，但又深怕會騷擾他，最後只得無聲走過。

打開試卷，他貼的幾條重要長題目皆在眼前，全身繃緊的他，在心裏大喊一聲「Bingo!」完全放鬆了下來。他興奮又輕快的答起題目來，一想到少年也跟他在同一個考場勤奮拼搏中，他變得更起勁了。

讓他最為感動的是，原來少年也是個考生，這令他對他又加了很多分數。

因為，要是少年是個自私自利的人，大可任由他繼續昏迷下去，到最後隨時會錯過考試，但少年並沒那樣做。

分秒必爭，小霖幾乎全程都在奮力答題，直至鐘聲響起，教官命令所有學生停筆為止，他才真正的抬起頭來。沒想到的是，當他側過身子看看前排的座位，卻發現少年已不在，不知何時已提早離場了。

走過少年的座位，並無留下任何痕跡，就像他這個人從沒出現過的那樣。本來，在這一刻開心得無以復加的他，滿以為可以找到個人同樂的雀躍心情，頓時惘然若失。

走出這所不熟悉的中學考場，路過離校必經的食物部，小霖卻驚喜地發現少年正坐在一張長桌上，神態悠閒的喝着枝裝可口可樂。

一種失而復得的感受，在他心裏猛烈地爆發。

他從未試過主動搭訕，這次卻大着膽子走過去，到了少年面前說：「你在這裏啊。」

少年抬眼看了看站在他面前的小霖，臉上盡是迷惘，彷彿不知道來者何人，小霖一張臉擦地紅起來，甚至連耳根都熱了。他連忙道明來意：「你剛才在麥當勞喚醒了我，我才趕得及考試。」

少年這才好像恍然大悟，記起兩人有過那麼幾句對話。他親切一笑，「咦，這麼巧，你也在這個試場應試啊！」

小霖很失望，沒想到自己在少年心裏居然留不下一點印象，這也只是兩小時前的事而已。但既然已走到這一步了，也就沒有退路，只好硬着頭皮的攀談下去。

他問：「你考成怎樣了？」

少年聳一下肩，神情有點無可奈何：「估最多分數的長問答題，我只貼中了兩題，另外的幾題不太懂，但願可以考試及格吧。」

「你貼中哪兩題？」

少年沒回答，蹙起眉頭斜眼瞪了小霖一眼，失笑地說：「你真是個嚴肅的人。試都考完了，還要賽後檢討啊？」

小霖就讀於傳統的著名男校，同學們大多是書呆子，大家只愛談這些。他抓抓頭皮笑，「好的，不說這些。」

「我準備去唱K慶祝一下……你呢？你今天準備做甚麼？」

「我沒甚麼打算，本來在想會不會疲累得馬上回家倒頭大睡，沒想到現在卻非常亢奮，回家應該也睡不着了吧！」

「正常啊，長達兩個月的痛苦抗戰，終於也結束了！」

「不，不是兩個月，是七年！由中學一年級開始，我們便要面對這個終極死神，這是拚死一戰啊！」

「嘿，你的心思也太縝密了吧？但你的話也沒錯，這是最後的戰役，能夠繼續升讀大學的，畢竟只有少數人。」少年嘆息一下，又用力揮一下手，「為何我們又談起考試來了？今天要盡情狂歡，我一個人會去 Neway 唱 K，要來嗎？」

「你一個人唱 K？」小霖對這些奇事可謂聞所未聞。

「你就不懂自得其樂的嗎？」少年說：「只不過，獨樂不如眾樂，你也來嗎？」

「好啊。」小霖興沖沖的答應。

少年站起身來，走過一個垃圾箱時，忽然拉開了背囊的拉鏈，把裏面的一大疊筆記倒進箱內。

小霖看呆了，「你在做甚麼？」

「你也該這樣做！」

「咦？」

少年看看小霖塞得滿滿的書包，「試都考完了，還要拿着一大疊課本和筆記幹嗎？

把它們全部丟掉吧！」

「那怎樣行？」小霖想法周詳地說：「萬一今次考不到，明年還得重讀，那豈不——」

「世上有那麼多萬一，你管得哪一個？萬一，你一走出校門，就被一輛衝上行人路的大貨車輾死呢？別擔心那麼多了，及時行樂啊！」

「還是不行吧——」

少年笑着打斷了他的深思熟慮：「不是不行，只怕不敢！讓我示範一下，這樣便行！」他把背囊內所有筆記和中七課本全掃進垃圾箱，讓背囊空盪盪的才罷休。

小霖當然也可斷然拒絕，但他心裏卻動搖了，抱着一走出校門就有可能會被一輛貨車輾死的想像，接受了少年的煽動，取出了書包內沉甸甸的書本，全擲到垃圾箱去。

然後，他帶着一身輕裝上路，感覺自己真正輕鬆下來。

少年與他並肩而行，小霖驚覺兩人身高相若。少年問：「嗯，你叫甚麼名字？」

「曾小霖。」

「小霖你好，我是郭子傑！」

「子傑你好！」

自那天起，曾小霖和郭子傑成了最好的朋友。

兩人在捱過痛苦的考試後，心情無比放鬆下結識了，時間正合時宜，這讓他們經常也可相約見面，友誼一天比一天加深。

有一天，兩人咬着掰開了的半枝孖條、肩並肩坐在太古城溜冰場的看台，一邊咬着雪條，一邊觀看玩者的冰上風姿。子傑問：「小霖，你喜歡哪類型的女孩？」

「都是那一些吧。」

「那一些，即是哪一些？」

「就是那些，在世俗裏被評定為標準的女朋友或良妻的類型。自古以來，來來去去都是那一些：長髮、高䠷、善良、溫柔體貼，最好更有感受得出的氣質。」小霖一口氣的說：「不過我想，兩人拍了一陣子拖，當感情穩定之後，我必須把她帶去給父母親見面，在那種避免徒添麻煩、得到劣評的大前提下，我該會加添幾個比較個人化的條件，譬如不可以有紋身、不可以有吸煙的惡習、不可以有支離破碎的家境、不可以不孝順……我暫時只想到那些多了，以後該會附加上去的吧。」

子傑翻一下白眼，「有那麼多的不可以，可以有甚麼？」

「可以一生一世。」

「服了你。」

「我倒是非常羨慕你，你可以做任何你喜歡做的事。」

「其實，你也可以啊。」

「雖然，很難令你明白，但我真的不可以。」小霖記起子傑的那一句「不是不行，只怕不敢」，他只得靜默半晌，「也許，我下一世沒有投胎得那麼好，就可以重獲自由了。」

「那麼，在這個溜冰場內，有哪個女孩令你看上眼？」

曾小霖堅決地搖搖頭說：「一個也沒有。」

「不可能吧？環肥燕瘦，總會選到一個啊。」

小霖告訴他，他選不到的原因。

在偌大的溜冰場，女生佔了八成，且以廿歲以下的少女居多。四邊用玻璃圍住、且加上有上層的觀眾席看台，當中的溜冰者就好像金魚缸內的魚，每一個細微的動態都顯露在眾人眼底下。所以，每位女孩也會非常自覺，全是有備而來，有各自想秀的武器。譬如有一雙長腿的，就會穿短裙熱褲。胸大腰細的會穿緊身衣服，更不添加外套，無懼場內的寒冷低溫。技術好的，則會刻意地在初學者身邊不斷危險穿插，似要給所有新手來個下馬威。

所以，雖然冰場內集齊長腿、好身材和美麗面孔，可是，一想到她們具有愛炫愛現的劣根天性，小霖便對諸位女子倒足胃口，完全喪失了興趣。

子傑聽完他長得像論文般的分析，不禁駭笑了起來：「我知道有甚麼職業適合你了！」

「甚麼？」

「你應該去當法官！」子傑自我認同似的頻頻點頭，認真地說：「因為，你沒有一絲憐憫之心……不不不，我並無貶意，只是客觀陳述了事實而已。經由你的法庭去審理的案件，一定能夠做到鐵面無私的吧！」

小霖想一想，連對自己也沒一絲憐憫地說：「本來，我第一志願就是當科學中心的化驗師，但乍聽起來，當法官也蠻適合我啊。」

子傑看他一眼，「要是有一天，站在被告欄內的是我，你該不會把我無罪釋放的吧？」

「先要看看你犯甚麼罪。」

「應該只是非禮或走私水貨之類的，該不會是殺人放火吧？」子傑嘻嘻笑說。

「那麼，我會把你判得更重。」

「我可以問為甚麼？」

「因為，我看錯了你，不是該罪加一等嗎？」

「饒命啊！請你網開一面吧！法官大人！」

子傑拉着小霖的衣袖求情，讓趺了一邊膊的小霖哭笑不得。

很奇怪，小霖一向是個板起面孔、不苟言笑、老愛鑽牛角尖的人，但反叛隨性、做事永遠不按牌章出牌的子傑，屢屢打破了他的規律。

只要面對子傑，小霖總會不停地笑，他的笑容遠遠超過了過去十七年的總和。

考試後的一個月，是小霖滿十八歲生日。

子傑提議去童心樂園遊玩一天。

一直以來，這個主題樂園有個甚受市民歡迎的優待：只要可以出示身份證明，當天生日的人就可以免費入場。但小霖太理智，知道那是樂園的一種拋磚引玉的推銷策略而已。因為，只有極少人會獨自前往樂園，總有同行的親人、伴侶和朋友，所以一定能賺進多幾張入場費。

況且，除非你堅持在園內一整天不吃不喝也不購買任何紀念品，否則，一定會另加一大堆消費。他心思太縝密，當然不會被這種退一步進兩步的伎倆所迷惑。

是的，他該是屬於天生就很難被催眠的人，只因意志實在太堅定，無人能夠對他落藥。

所以，自從他分別在四歲和九歲時，隨同父母到過樂園兩遍，就沒有再去過了。

小霖回應了子傑去童心樂園的提議：「就當作是買一送一，我們各付半張門票的錢吧？」

子傑用「這個到底是甚麼人啊」的眼神看他，怪叫了起來：「那怎麼可以，你生日啊。」

「怎麼不可以，不計得清清楚楚，我也會玩得不開心啊。」

「是我拉你去玩，所以，全日該由我請客。」子傑的神情顯得很無奈：「回想起來，我也超過十年沒去過，正好找個機會重溫舊地，否則，就算樂園倒閉了，我也不會再去的吧。」

「這麼大的樂園，怎有可能倒閉？我相信自己死掉了，樂園還健在。」

「唏，生日就別說關於死，既然你要算得清楚公平，我付門票的錢，你負責園內的飲食費用，總可以了吧？」

「好啊。」作為一個別人認為他斤斤計較、但他覺得自己只是不虧不欠的人，對這個協議總算也滿意了。

至於郭子傑，大概也慢慢找到了跟這個麻煩朋友相處的方式了吧。

小霖生日那天，兩人相約在童心樂園門口等候，他去到見不到子傑，以為自己先到了，正想用他的 Sony Xperia 手機發個信息給他，有人從後拍拍他的肩，他回頭一看，是朝他微笑的子傑：「老兄，生日快樂！」

「謝謝你！」

「你今天穿得很帥！」

小霖很神氣，這天的確經過悉心打扮：「我今日特意獎勵自己，全身上下都是全新的。新的衣褲、新的球鞋，連襪子也是新的。」

「我看第一眼便已知道了。」

「你怎知道？」

子傑瞇起眼凝望着他的上衣，思考了兩秒鐘說：「讓我來猜一下，你的T恤在Zara 購買……你穿的是L碼？」

「全中！」小霖的T恤低調地沒印出牌子的圖案或字樣，他感到相當驚異，瞪大眼說：「你真是料事如神啊！」

「不，你給我的提示也太明顯了！」

小霖用不明白的神情看他。

子傑慢慢走到他跟前，把一條手臂橫過他肩膀，繞過脖子，他滿以為子傑要給他一個擁抱，但子傑卻在他身後撕下了甚麼，然後將身子移開到一個彼此可見到的距離，向他得意地展示黏在指頭上的一張衣服標籤，小霖呆了一呆，然後為了自己的冒失而瘋狂大笑起來。

小霖和子傑之間，一個內斂一個任性，碰在一起卻有種微妙的化學作用。只要有子傑的場合，總有辦法令小霖放懷大笑。讓一直以為性情深沉內斂的小霖，發現自己也有待發掘的另一面。

兩人在童心樂園，度過了愉快的一天。

小霖原以為自己永遠沒有踏上海盜船的膽量，只因他站在外圍觀看船上猶如坐在一把鐮刀上的玩者，以及各人發出的淒厲尖叫聲，已嚇得頭皮發麻，沒想到子傑用「玩過你才會知道並不如你想像中可怕」為理由，硬是拉了他上船，而且，更坐在搖盪幅度最大的船頭。雖然，一開始他被要命的離心力嚇煞了，但當他慢慢抓住了那種固定了的離心節奏，他就開始不害怕了，享受到那種乘風的快感了。更不可思議的是，一開始緊緊抓住位子前的橫欄的他，到了最後階段，居然隨同身旁的子傑一同高舉雙手怪叫，更笑得非常開懷。

兩人去玩擲彩虹遊戲，但玩了一堆代幣，卻連一個小獎也沒中。兩人無可奈何的離開，走了幾步卻見地上有個代幣，子傑撿起了它，隨手的拋到彩虹圖案遊戲板上，不偏不倚中了特大獎。

二人用了五分鐘時間，爭拗要拿特大獎的哪一個獎賞的毛公仔。但那些可選的毛公仔，每一個也巨型得要命。率性又衝動的子傑説當然要拿個最巨大的，才算得上是值回票價啊。心思縝密又由理性主導的小霖卻不苟認同，他認為花上一整天捧着個毛公仔也是辛苦白拿而已，倒不如把它轉換成另一種更實際的獎品不就更好嗎？當值的員工不敢擅自作決定，此時一位身穿筆挺深藍色西裝的樂園主管剛好路過，小霖用細獎的一雙樂園吉祥物豬小姐和老虎先生的鎖匙扣，替代特大獎的毛公仔作討價還價，一臉嚴肅的中年主管大概也是個經濟學人，他思索了短短三秒後便首肯答允，小霖很高興自己利誘成功。

傍晚時分，這時人群漸散，園內已沒那麼擁擠了，子傑很奇怪為甚麼會有人願意離開，而不去欣賞樂園關門前半小時開始的煙花匯演。

小霖告訴他，有部份原因，是大家玩了大半天都餓壞了，又不想在園內啃那些既昂貴又物無所值的套餐，寧願離開這裏另覓其他餐館吃晚飯。子傑對小霖的分析沒有不同意。他奇怪問他為何不讀理科？小霖告訴他，他滿以為自己讀了文科便能夠培養更多感性的思維，沒想到感性有損無益，只會影響判斷而已，他對自己單一的思維模式感到無能為力。

一如小霖預測，在樂園餐館內享用的晚餐既貴價又不味美，價錢卻是外面的三倍以上。等待煙花表演之前，二人在樂園內散散步，小霖去了一趟洗手間，出來時只見子傑在遠處一個昏暗的小涼亭前，向他用力地揮手。

他走上前去，只見涼亭的一張小圓桌上，擺放着一個紙包蛋糕，蛋糕上插了一枝點着的蠟燭。

「本來，想給你買一個真正的生日蛋糕，但一整天下來，它應該會溶成蛋漿了吧。所以，只好買一個耐撞耐放的紙包蛋糕，也算是小心意啦，請笑納！」

小霖料不到子傑竟有這份心思，再看看隨微風而搖曳的燭光，一陣莫大的感動油然而生，他衷心感謝的說：「我真的太驚喜了，謝謝你。」

「可跟你一同慶祝十八歲生日，我也很開心！」子傑不忘搞笑：「可惜，紙包蛋糕上實在放不下十八枝蠟燭，也請你將就一下啦！」

「你對我已經夠好了。」

「快合上眼許個願，然後吹蠟燭，讓心願快快的達成。」

老實說，小霖一向不喜這種生日祈願的儀式，對他來說就是種無聊。那只是哄騙自己、五十／五十機會率的天真想法而已。然而，不知因何，他這次真的合什着雙手也閉上眼，在小小的生日蛋糕前，許下了一個心願。

（我希望，跟郭子傑做一輩子的好朋友。）

然後，當他睜開雙眼，垂低頭吹熄了蠟燭，就在抬起頭的一刻，站在身旁的子傑微笑說：「生日快樂！」他忽然湊過頭來，將雙唇貼到他嘴巴上。

小霖如遭電殛，仿似要閃避觸電，他的身子反射性的向後一縮，一連退後了三四步，張大雙眼的盯住子傑。

子傑也給小霖巨大反應嚇一跳，他的笑容霎時消失了，不知所措的佇立原地。

小霖不得不嚴正聲明：「我是不是讓你誤會了？」

「很抱歉，我一直以為你是。」子傑臉上的恐懼，慢慢擴散開去。

「我不是。」小霖木着臉的説：「如果我做甚麼令你誤會了，我向你鄭重道歉。」

「我明白了。」

「我不抗拒有你這種朋友，但我確實不是。」

子傑的失望無從掩飾，完全寫在臉上，「……我這種朋友。」

「請你別誤會，我沒有貶意。」小霖急急澄清，卻是講多錯多：「我只希望，我們會找到一個……和平共處的方法。」

「沒關係，我也有不少像你這樣的朋友，我知道該怎樣做。」子傑刻意要替尷尬緊張的氣氛降溫，他擦擦雙手笑説：「好了，我們吃蛋糕吧，它好歹也跟着我們旅行一整天了。」

小霖把紙包蛋糕分兩半，遞半塊給子傑，指尖不小心碰到了子傑的手指，他內心裏有種深深的心悸。

放煙花的時候，兩人一同眺望着漫天璀璨的彩星秀，小霖可感覺到身旁的子傑有偷看過他，因此，他只能更專注的凝望着乍現即逝的煙花，整個恍如植物人般僵直了，一動也不敢動，當然更不敢斜過頭與子傑有眼神接觸。

本來相處融洽的一對好朋友，被這種突如其來的轉變弄得無所適從。但彼此硬要裝作若無其事嗎？反而表現得更加煞有介事。

走出樂園後，兩人大可一同乘車出市區，然後在鬧市中盡興地道別。只因樂園的地點自成一角，出市區起碼要半小時的車程，有個人在身邊談談笑笑總是好的。可是，小霖卻給逃避的心態主宰了，他問子傑：「你搭甚麼車離開？」

子傑指着一條去旺角的巴士路線，只因旺角可算是全港各區交通的中轉站。但小霖指向另一條巴士線，告訴子傑他會搭那一架車。

子傑禮貌地微笑一下說：「我送你到車站前。」

兩人一同走到車站前，彼此愈想找些話説愈難開口，最後就只能這樣默默並肩而站了。遠遠見到巴士駛過來，小霖終於開口打破悶局，努力表現大方：「謝謝你替我慶祝生日，我今天很開心。」

「我也很開心，我們下次再約出去玩。」

小霖卻沒有爽快説好，語帶保留的撂下一句：「好啊，我們再約。」

之後，子傑約了他三次，小霖皆用不同的理由推辭了。終於，子傑沒有約他第四次。

同年的聖誕節，小霖想傳簡訊給子傑，問他要不要約出來吃聖誕大餐？但當他把信息寫好了，按下傳送掣的前一刻，他的決心逐漸萎縮。

理智的他關不上自己的腦袋，又再回復了精密計算的老模樣，嘗試分析找回子傑後的利弊，愈是計算愈覺得並不化算。但其實，從他斤斤計較的第一秒起，他知道自己早已打消了念頭。

恐懼像烈火一般燎遍全身。

最後，他把信息一字一字刪走了，變成了一片空白，由始至終也沒有再找子傑。

二人自此失聯。

* * *

四年後，大學畢業的他，踏出社會後第一份工是化驗所人員，那是他夢寐以求的工作。只因這份工作無須動用任何感情，也沒有灰色地帶，找到足夠數據便完成。

對與錯一目了然，符合他實事求是的性格。

工作兩年後，一次出席朋友的聚會，他認識了一名在一家金融機構當財務分析師的女子，一餐晚飯下來，他便知道她是他要找的人，只因她有着跟他同一樣的理智，或者說，一眼看穿世界的冷酷。

由她在席間的閒談中提到，香港應該淘汰掉一半的人口，他就知道了。

「香港應該淘汰一半的人口。沒有生產能力、年老病弱、不斷剝削社會資源的人，統統應該消失掉。讓有賺錢能力、有競爭實力的金字塔頂端的人口主宰社會，世界才能恆遠地運作下去。」

在座有一個男人聽得很不舒服，他說：「依你的高見，那一半該被淘汰的人口，又該如何處置？」

「不是一直也有人喊移民的嗎？他們可選擇離開香港。與其在香港做低端的貧窮人口，倒不如在外國做二等公民。因為，對他們來說，每天只是生存而不是生活，比起要做二等公民更加不堪。又或者，選擇搬去次貨一樣的第三世界國家，省吃省住也不錯。」

男人一臉也是反感，看來正準備來一場罵戰，小霖在這時適當地加入了戰團，力撐她的觀點：

「我同意你的話，就像實驗室裏的白老鼠，只有最壯健的才能承受各項測試，以自己的實力存活下來。體質衰弱的、次等和不夠水準的，就只能等待被大自然淘汰掉。只有讓世界成為強者的利用資源，物競天擇和適者生存，本是定律。」

本來，同坐在大餐桌的兩旁，女人一開始並沒多留意小霖，這時卻向他投以刮目相看的眼神，她向他舉起香檳杯，他也舉杯，二人一飲而盡。

之後，兩人在聚會中開始交談，她名字只有一個字，冰。

兩人最後都喝醉，冰有私家車，但基於安全問題決定不駕駛。朋友對小霖說冰跟他住同一區，請他幫忙送一程，小霖知道朋友給他機會，於是一口答應。

在大街上，冰見到一對老夫婦在路邊截計程車，她特意走前兩人廿呎的地方截停了一輛車，全無禮讓之意，對自己搶奪了別人的東西完全無動於衷。

冰看到坐進車廂的小霖臉上似有疑問，她自問自答起來。

「總有一天，我也會老去，但我不期望有人會給我讓座。」冰：「當然地，我的意思是，要是到了那天，我仍是沒有替我開車門的私人司機的話。」

「應該不會。你的意願是成為金字塔尖端的一員，總會想盡辦法令自己往上爬，最後定會達標。」

「你呢？你又有甚麼意願？」

「談不上是意願，我從不相信許個願就可以達成心願，否則，世界上該有很多恐怖分子希望地球毀滅吧？我們早已陪葬上百萬次。」小霖說：「只不過，一點點的憧憬還是有的，我但願自己的父母盡快死去。」

司機在倒後鏡看了他小霖一眼，小霖也直勾勾地瞧向他，司機迅速把雙眼轉開去了。

「他們做了甚麼罪不可恕的事？」

「他們生下了我，卻從沒有問准我同意。」

冰：「你真是一個有趣的人，我對你愈來愈有興趣。」

「那麼，你很快會發掘到，原來我是個無趣的人。」

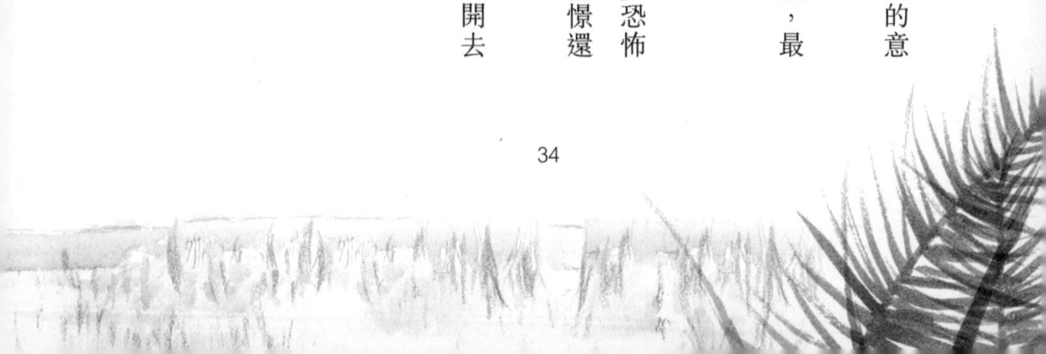

「真巧，我倆恐怕真是同一類人。」

兩人就這樣開始。

拍拖半年，他把冰帶給父母見面，父母對她非常滿意。

那是當然的，在他決定跟她拍拖之前，早已把父母的評語算進去了，預算她該會得到高度評價，預料性地審視過一切得失，才決定開始這段戀情。

然後，兩人平安地拍了一年拖，一直以禮相待。

自從跟冰拍拖以後，小霖迷上了召妓，他玩得非常小心，從不去街上勾搭。他會上很多召妓的暗網，參考各式各種的「用家經驗」，偶然會有附圖，但大多數並沒有，但目標的容貌和身材並不是他重視的，他首要的考慮，永遠都是安全問題。

每一次，他會帶備足夠現金。信用卡、提款卡等一律不攜帶。他也只會帶一部無個人資料的舊手機，有一個召妓專用的電話號碼。甚至乎，他小心的程度是，連八達通卡都用上另一張，保證不會因召妓前後的交通和消費而洩露了個人行蹤。

每次召妓後，他對冰不單沒有罪疚感，相反地，心裏抱怨這個女朋友為何總不夠份量，讓他忍不住要一次又一次「以身犯險」。

有一個晚上，小霖依照着暗網內一則貼文的指示，走到灣仔的一幢五層高的唐樓，停在三樓的一個單位前。他觀察一下，單位有木門和鐵閘，不會煞有介事的拆掉了鐵閘。無粉紅色光管暗示，也沒有在門上掛着請稍候那種明刀明槍，活像是一般居民的住所。

小霖喜歡這種私密的格調。

試過有幾次，他去到性工作者的門前，卻發現大鑼大鼓貼上各種服務的價目，門前更安裝了閉路監察器，衡量過得失輕重以後，終令他打退堂鼓。

他不希望明目張膽惹人注目。

畢竟，萬一被揭發了，很有可能會令他身敗名裂。他用了足足廿五年建立的名譽，和過着正常人過的生活，又豈容給一些低級錯誤破壞無遺。

他再核對一下地址，確定沒差錯，就按下了門鈴。在電鐘聲響起的同時，他不禁多了期待，不知這次遇上的是甚麼類型的人？

其實，他寧願一直不知道對方的樣貌，就是為了這十來廿秒的緊張刺激。

鐵閘前的木門打開，小霖跟微笑着開門的人，神情都是大大地怔然。

是郭子傑。

臉上帶着嬌媚笑容的子傑，笑意頃刻消失了。

小霖也承受不了這個「意外」。若有可能，他想轉身拔足就逃，可是，心裏有一種聲音告訴他必須停下來面對，要他的雙腳釘到地上去。

子傑外表看似鎮定，口氣卻失了冷靜，沉聲地問：「你怎會查出我在這裏？」

小霖一下不明白，然後，他知道子傑誤會了。他從外套拿出手機，向子傑展示了兩人昨晚通的最後兩段信息：「價錢沒問題。」／「明晚六時見，按鐘便可。」。

子傑見二人談過的證據，不禁一陣啞言，他苦笑着問：「你何時喜歡男人了？」

小霖看看兩邊空盪盪的走廊，用請求的聲音說：「可以進來再說嗎？」

子傑微微撇了撇嘴角：「在這種情況下久別重逢，我們還有甚麼話可說呢？」

這時候，傳來了鄰近單位拉動門閘的聲響，表示有鄰居要出門了，子傑也不願被人見到拉扯的場面，一臉無奈的打開了鐵閘，讓小霖進屋內。

屋子面積只有百來呎，一眼見盡。與他去過的尋歡地大致相同，都是那麼的一個小小的套房，一張床、床邊有個給客人放置雜物的梳妝檯，再走幾步就已經是廁所。全屋窗戶都貼上了庸俗的紫紅色玻璃貼，除了遮光，還要營造出一種秘密曖昧的氛圍，再加上只要朦朧一點，總會把人襯托得美麗一點。

小霖和子傑從沒預算會見到對方，兩人也是表現得非常不自在。子傑坐到梳妝檯前的膠椅上，朝那張白色的床一指，小霖便坐到床邊去，兩人保持着約莫七呎左右的距離，小霖合什着雙手看子傑。

子傑問：「我們有多久不見了？有沒有十年？」

「七年零四個月。」小霖對數字一向非常敏感：「我們是二零一二年最後一屆 A-level 考生。」

「對啊，你有考上大學吧？」

小霖點點頭，「我讀文科，但考到廿七分，每家大學的各個學系也歡迎我入讀，我選了自己最想讀的電子工程系。」他問：「你呢？你的第一志願是考上創意傳媒系，都順利嗎？」

「沒有，考不上，有想過重考，但我知道自己不是讀書的料，再努力也是不自量力，所以，我出來打工了。」

小霖點頭表示明白，他真想知道，子傑為何會幹這一行，或者說，他到底經歷了甚麼，令他加入性工作者行列，當中又有甚麼不為外人道的故事……可惜，他問不出口。

子傑回復一點笑容說：「剛才真的給你嚇死了，滿以為你查到我幹這一行，所以才會來探望我，準備要好心勸服我或甚麼吧？」

小霖聳聳肩，平心靜氣地說：「我也給你嚇破膽，沒想到最後還是給你發現了——」他的聲音頓一下，看着子傑說：「我也喜歡男人。」

子傑憐惜的看他，「你有男朋友嗎？」

小霖沉默了兩秒鐘說：「我有女朋友。」

「你愛那個女人嗎？」

「兩個人在一起不一定因為有愛。也許，我和她都符合了對方想尋找的特質。」

「那麼，我終於明白，你當年為何要拒絕我了。」子傑用一副完全明白的神情說：

「我就是你永遠無法承認的特質。」

「對不起。」

「沒必要說對不起，我的生活也很不錯。」子傑輕鬆的說：「至少，我一直也在做自己。」

聽到這句話，小霖有種心如刀割的感覺，他多想告訴他：「你可以做自己，但遇上了你，卻令我永遠做不回我自己了。」是的，就是不行，子傑打開了他封閉已久的心靈，當潘朵拉的盒子打了開來，想再合上已沒可能。

從七年前他斷言回絕子傑的一刻起，一切都已經太遲了。

所以，小霖只好住嘴不說話了。

「你呢？這些年，你又怎樣過的？」子傑問。

小霖要費上很大的勁，才能把所有情緒壓下去：「我都忘記了，就是日復一日的，每天睡前祈求自己一睡不起，睜開眼發現自己還是醒來了，日子就是這樣度過了。」

子傑一臉苦澀的表情偏着頭，「你根本不相信禱告那種事，又如何祈求成功？」

「是的，只怪我天生就太理智，我不相信自己的祈求，所以無效。」小霖心知肚明。

子傑移動一下身子，轉換了一個比較舒適的坐姿，卻給小霖無意中發現他短袖上衣的左上臂前，有幾片結焦的傷口。

他皺着眉頭問：「你身上的這些疤痕是哪來的？」

子傑下意識的用右臂抱住了左臂，企圖遮掩着傷口，這讓小霖更加證實了他的猜測。

「是給煙頭炙過的痕跡嗎？」

子傑這才苦笑了一下，「很多客人都有怪癖，我好歹也是服務行業，當然要盡量滿足他們……當然，價錢要好好另議。」

小霖鼻頭一陣酸，「你這也算是生活得很好嗎？」

「早幾年，我試過更壞的，這些就變了微不足道。」子傑彷彿知道自己講多錯多，他下定甚麼決定，從椅子站了起來，擦擦雙手說：「好了，我要繼續做生意了。有些熟客不愛預約，隨時會上門跟我聚聚。」

小霖知道子傑在下逐客令，他也沒有留下的理由，只得站起身來。子傑用正色的語氣說：「要是你真的懂得照顧我感受，請你不要再來找我了。」

小霖無計可施，他挖出了一個爛理由：「我們不是談好了一宗交易嗎？」

「我不會把自己售給你，多少錢也不會交易。」

「你恨我吧？」

「我也不是單單被你一個拒絕過啊。」

「如果，你對我的恨意有一至十分，你給我幾多分？」

「你這種人不會明白。」子傑凝視着小霖的雙眼說：「如果你真心愛過一個人，你永遠不會給他評分，只會把他銘記在心。」

小霖心裏泫然欲涕，他走過去抱着子傑，用雙臂大力環抱着他的腰，這是他自十八歲後最開心的一天，也是他人生中最難過的一天。子傑彷彿施捨似的輕輕拍了他的背，過半分鐘就把他輕輕推開了，和他保持了一個彼此能看到對方的距離。

「好了，你應該離開了。」

「我們可以再見面嗎？」小霖盡最大努力的說：「你何時下班？」

「傻瓜，接客有甚麼所謂放工不放工？有客上門，我就得招待。」

小霖竭力想打破二人的隔膜，可惜的是，他可以感到子傑把他不斷推遠，又再推遠更多，不要跟他有任何瓜葛。

「還有，我再說一次好了，別再來找我了。」子傑肅起了臉，認真地說：「因為，你這樣做只會有兩個後果。除非你從此也不再出現，否則，我就要為了避開你而退租，你會令我不厭其煩。你明白我的話嗎？」

小霖感覺腹部深處正開始顫抖，他居然要面對子傑再一次離開他的生命。他用哀求似的眼神看着他，咬着下唇不想反應。

子傑再說一遍：「我想聽你親口答應，你從此也不會在我面前再出現。」

小霖知道自己被下逐客令了。他不想把情況搞得難看，只好按捺着情緒，木無表情的說：「好的，我從此不會出現在你面前。」

「謝謝你。」子傑打開了門，也是一臉落寞的說：「別再見了。」

小霖看着門外的走廊，那種感覺就似要走進鬼門關，他一步一艱難的走到門外，忍不住轉頭，「抱歉令你經歷這些事，很對不起，其實我——」

「好好保重。」子傑重重關上了門。

他看着那道深鎖的門，把話在心裏輕輕說完：「其實我深愛過你。」

但是，子傑不會聽到這句話。

那天晚上，小霖茫茫然的回到家裏，沐浴的時候，當冷水往他頭上淋，他在水聲之中失聲痛哭了起來。

七年前，子傑初次出現，差點令他失守了。可是，在理智與感情之間，他本能地選了前者。滿以為將子傑捨身成仁，他的人生就會變得順遂，以後對同性只要敬而遠之就可以了。然而，給子傑打開了的缺口，其實從未有關上過。自從他有了女朋友，才知自己死忠的喜愛男人。所以，他會偷偷找男妓，滿足他真正的慾望。

這一天，子傑在他的人生中再次出現了，令他整個人崩潰下來，知道一切又返回原點。可惜的是，在七年後的今時今日，他更加明白自己了。他過着的那種在世人眼中正常不過的生活過得很辛苦，他也比起一直不想承認不正常的自己更不正常。那種用時間去換取的痛徹和覺悟，令他相信在往後的漫長歲月裏，一天一天只會同樣的白過，直至死不瞑目為止。

每天假裝另一個人，永遠不能脫下戲服，就是他嚐到的滋味，也是他自選的極端不幸。

翌日，他又去了灣仔那幢唐樓，可是，他只能遙遠張望，不敢踏上樓梯一步。他不知道再走到子傑門前，將會發生甚麼事。

就算子傑把他趕走，也是沒問題的，他是應有此報。

但即使子傑可以原諒他，結果又能怎樣？他曾經令子傑心碎，現在又能給他甚麼呢？難道會給大家一個名份嗎？那是不可能的。一切依舊，他只會把子傑、把他自己又一次拉進深淵裏。

第三天，他又去了灣仔，這一次，他又離開了那幢唐樓更遠一點，只是在灣仔街道盲目地走動，希望在下一條街的下一個轉角碰到子傑，但這並沒發生。臨走前，他到了唐樓的對面街，抬起眼的道別：「是的，也許你說得對，我們還是別再見了。」然後，他忍痛離開了。

是的，只要有足夠時間，他就會平靜下來，回復那個理智又冷酷的他。

他明白子傑的話。除非他從此也不再出現，否則，只會令子傑不厭其煩，甚至要改變原來的生活，藉此避開他這個入侵者。

由於愛過，他不願意見到發生此事。

是的，從此不要在對方面前出現，就是唯一的雙贏局面。

給非理智混沌了的他，飛快地扭軚，把勢將脫軌的人生車子折回正途上。他也把穿了廿五年，穿得太久而爛開了的戲服縫補好，繼續過他安全又守規的生活。

* * *

兩個月後，在他的手機裏，忽然接到一個陌生人傳給他的一段影片，讓他在化驗室裏鬱悶了半天。跟冰約會的時候，在四邊無人的餐廳內，他把手機遞給了她，按下了播放掣，問她：「這到底是甚麼一回事了？」

他收到的，是一段冰和另一個男人的性愛影片。

冰怔怔地看了半分鐘，面色愈來愈青。她停下了影片，用萬般無奈的聲音說：「我不知道有人在偷拍。」

小霖為了冰沒否認而略感安慰。因為，這是個一切扭曲的怪異年代，明明是路人皆見的不爭事實，有人卻會怒斥那是移花接木。明明是有着普世價值的真言，有人卻質疑那只是中傷的謠言。理智到了一個極端地步的他，對那些弄真成假感到十分厭惡。

所以，他點一下頭說：「我也看得出，那該是偷拍鏡頭拍下的，為何你那麼不小心？」

冰表示歉意：「對不起，我不該做這種事。」在小霖的印象中，冰從不會向任何人說任何抱歉，這當然也包括他。

「沒甚麼，就算你要在外面認識男朋友，也要帶眼識人。」小霖說：「我回覆了信息給對方，告訴他說：『要是你想勒索我也沒辦法，我不會給你一文錢；要是你想向我示威，影片上的招式我也跟她試遍了，恐怕新意欠奉。』他沒有再回我信息。」

「你很恐怖！」冰鐵青着臉，像看着怪物一樣的看他。

「彼此彼此吧。」小霖彎起嘴角的說。

這天以後，冰好像變了另一個人，對於自己出軌的變得肆無忌憚。雖然，這樣說很奇怪，但本身戴罪在身的她，彷彿要變本加厲，向小霖進行莫名其妙的報復。

一個月後，冰好像終於按捺不了情緒，向小霖責問：「其實，你是不是不想跟我在一起了？」

「我沒有阻止你去玩啊。」

「你應該阻止的！」她尖聲叱喝。

小霖真不明白冰在大喝甚麼，他說：「我仔細分析過了，我們不如這樣承認就好：我倆都是同一種人，永遠不會以愛情為上。愛情這東西，在生活中只佔着微小的份量。也可以說，我倆只想找到一個在旁人眼中看起來彼此匹配、也洋溢着類似幸福感一類的生活夥伴，藉以杜絕所有的閒言閒語而已。」

「你為何要連這些也去詳盡分析？在化驗室以外，你就不可以是個帶感情的人嗎？」

「你以為自己想要一個帶感情的人，但那恐怕是你無法承受的。」小霖又陷入分析的思緒中：「很多情侶喜歡拖手，喜歡在人前表現恩愛，但我們從不愛那樣做，為甚麼呢？因為，我們需要的，只是不必一個人吃飯逛街和睡覺的那種平穩和安定。」

「對啊，既然你說起，我們也有一年多沒性生活了，就算之前的日子裏，次數也是寥寥可數，我倒想問問你，這到底是怎樣的一回事？」

小霖靜默一刻，簡單地說：「我只覺得，很多時候，氣氛不對。」

冰凝望着小霖，眼中流露出莫大的失望。她彷彿要尋求確定的問：「其實，由始至終，你到底有多愛我？」

小霖想說真話，但真話太傷人，他只能繼續拉上戲服的拉鏈，學那個他在扮演的人在說話：「若要說明，那就是我看到你跟另一個男人的床戲，仍能繼續保持低調和理性，那就是我對你的感情。」

冰嘆息一聲，彷彿也知道自己永遠不會從小霖口中得到真正答案，她問：「我們還要繼續下去嗎？」

「應該沒有另一個男人，對於明知自己的女朋友有其他男朋友，也願意給予她選擇的空間吧？」

冰用力搖了搖頭，沒有把這個自討苦吃的話題延續下去。

跟冰針鋒相對的晚上，小霖在坐計程車回家路程中，一直把前額貼在冷冰冰的窗前，凝望着窗外被雨水打得模糊的景物。他也問了自己冰問他的問題：其實，由始至終，你到底有多愛她？

或者說，你到底有沒有愛過她？

然後，他聽到自己心裏說了一個殘忍的答案。

其實，真的沒有。

直接地說，她是他的盾牌。盾牌的主要用途就是擋刀擋箭，只要符合這個實用性就可以了。有人會真正愛上自己的盾牌嗎？大概沒有，因為這一個盾牌崩壞了，雖然可惜，但到危急關頭，畢竟可以找下一個盾牌取替。

他的頭腦逐漸清晰起來，廿五年來首次深切感覺到了，理智的他被內心感性的另一個他擊敗了。

他請司機改路去灣仔。是的，他必須馬上走到子傑面前，將感受親口告訴他。

就算子傑一樣會把他拒於門外，但可以停在最接近子傑的地方，他也會心安理得。

他心情明朗的走到子傑門前，難掩激動的用力按門鐘，心跳快到幾乎破胸而出。當大門打開的一刻，應門的卻是一個眉清目秀有書卷味的美少年，向他溫婉地一笑。

小霖問子傑的去向，美少年說他搬來了半個月，對上手租客的事一無所知。

小霖知道自己來遲一步了，子傑想也猜到他終會折返回來，竟然決定大費周章去擺脫他。他明白子傑的決心，也驚覺自己對子傑的重要。

他只能蹣跚地離開，美少年用具有溫度的語調說：「我也可以代替另一個男人安慰你。」

「沒有人能夠代替他。」小霖搖搖頭的離開了。

他用那個通過簡訊的電話號碼，嘗試聯絡子傑，後果不問也知，子傑的號碼已變了空號。小霖有一種，在生命裏再次失去深愛的人的感覺。

這一次，是真真正正的失去。

兩人之間，一人有一次堅決拒絕對方的愛，本來就該兩忘。

一年後，小霖忽聞童心樂園即將結業，距離關門時間只剩下四天，他有一種必須重遊舊地的衝動。

當然，他沒有跟冰提起樂園結束的事。他太了解冰的性格，她對販賣童真和合家歡的事物一向嗤之以鼻，大概更會發表一番偉論，提醒他佔地遼闊的主題樂園，在這個年代早已不合事宜，既已虧蝕多年，就該把它盡快拆卸，重建成另一個更符合經濟效益的賺錢項目。

小霖決定獨自前往樂園，將他和子傑之間那段重要回憶，及時追悼一遍。

就是這樣，小霖憑着記憶，將八年前跟子傑在樂園裏走的路，重新走過。當然，有些園區已經過若干改建，讓他有點認不出來。

當他路過了機動遊戲區，走進一個氛圍迷離的森林區，忽然發現了一個白色電話亭，和三個許願的規條。

「真有機會修正遺憾，就讓我跟郭子傑做一輩子的好朋友吧！」

就在他道出這個心願的同時，一道金光就像從天上灑下的金粉，刺目得讓他睜不開眼來，當他再次睜開，卻發現手上的電話筒已不見了，密閉的電話亭也不見了。他也不再置身在一個樹林中，而是站在一個有三盞燈的燈柱前，四周有很多模擬八十年代香港舊墟的裝修，也有幾個露天傘座，供遊客休息和用餐。

他垂眼一看，那更是自己慶祝十八歲生日的裝束。

他是個極端理智的人，但這次他完全無法冷靜解釋到面前的映像，只知道在他身上發生了不可思議的事。

他回到八年前去了。

這時候，有人拍拍他後肩，他轉過身去，眼前的人叫他完全傻掉。

「你怎麼呆住了？」

是郭子傑。

真是八年前的子傑！

他仍清楚記得子傑當時一身黑衣的裝扮，小霖當時取笑他大熱天時仍穿全黑不怕熱死嗎？子傑笑着告訴他，本少爺不怕死只怕不夠帥！

他仍是怔怔的瞪着子傑，一下子反應不來。子傑咕喃着說：「你不是去洗手間嗎？我見你十分鐘也沒回來。你呆站在燈柱前幹麼，想扮『柱男』嗎？」

小霖忍住了心裏的混亂和激動，好不容易才反應一下，呆呆地說：「我可真是個處男。」

「我毫不意外啊！」子傑爽朗大笑：「好了，跟我來，我要給你一個驚喜……嘿嘿，對你來說，那是個驚嚇也不一定啊！」

子傑領着他走，小霖在後頭一邊尾隨，一邊忍不住一直在凝望他。子傑梳理得一絲不苟的頭髮、他的脖子至肩膀那個因游蝶泳而厚實的弧度、因他的臉側凸出了的高挺鼻樑，每個細節都叫他心跳到有點心疼。

在那個世界不再有交集的兩人，在這個世界仍是如此要好的朋友，那種感覺似比起恍如隔世還要遙遠得多。

子傑領他到一個昏暗的小涼亭前，只見涼亭的一張小圓桌上擺放着一個紙包蛋糕，蛋糕上插了一枝點着的蠟燭。

他也記起這一幕。

是的，他的人生交叉點就在這一刻，決定了要直走，抑或調頭。

子傑走到蛋糕前，難掩興奮地說：「本來，想給你買一個真正的生日蛋糕，但一整天下來，它應該會溶成蛋漿了吧。所以，只好買一個耐撞耐放的紙包蛋糕，也算是小心意啦，請笑納！」

小霖道謝，子傑叫他合上眼許個願。小霖合什着雙手也閉上眼，在小小的燭光前，許下了一個願望。

會不會，過去的那一幕也會重複發生呢？

但願，一切跟往昔相同。

當他睜開雙眼，低下頭吹熄了蠟燭，就在抬起頭的那一刻，站在身旁的子傑說：「生日快樂！」他忽然湊過頭來，把雙唇貼到他嘴巴上。

這一次，小霖不但不閃不避，更欣然接受了子傑的吻賀。二人四唇交接，他感覺到滿心的震撼。是的，這是他等了一輩子的、跟深愛的人的親吻。

子傑久久才褪開嘴唇，與他保持了見到對方的距離，他臉上帶着幾分靦腆。

「謝謝你的生日蛋糕。」

「謝謝你的……回禮。」

「我結婚了嗎？甚麼回禮？」小霖失笑看他，「那是我給你的保證。」

「保證？」

「保證我倆是同一類人。」

子傑吁口氣說：「多害怕你不是。」

「是，我一向都是。」小霖覺得這一幕太夢幻，他的雙唇似仍感到溫熱觸感。敞開心扉的他，說了深埋在心底的真話：「認識你之前，我懷疑自己是不是，但遇上你以後，我不想再否認這一點了。」

「我令你改變主意了？」子傑臉上一陣驚喜。

「不，這是我出的主意。」

子傑又想湊前來再吻他，但小霖伸手按住他胸口，停住了他的動作：「這是老少咸宜的樂園，別嚇壞了家長或小朋友。」

「是啊，你說得對，我們可不能像在街上隨處交配的狗啊！」子傑又回復本性，笑嘻嘻的，眼中卻忽然多了一陣迷惘：「但我真不明白，我為何會愛上了一個如此理智的人？」

「你放心，遇上你之後，我已逐漸失去理智。」

子傑擦擦雙手，他的神情看起來很高興的，興奮地說：「好了，我們吃蛋糕吧，它好歹也跟着我們旅行一整天了。」

小霖遂將紙包蛋糕小心的分成兩半，遞了半塊給子傑的時候，指尖碰到了子傑的手，他又有種心悸的感覺。

放煙花的時候，兩人一同眺望着漫天璀璨的繁星秀，當所有人都把目光放在色彩繽紛的天空上，相對顯得更暗無天日的地上，小霖和子傑的手緊緊拖在一起。

小霖偷望身邊的子傑，他看起來是如此地真實、有體溫的、有血有肉的。但他恐怕在下一秒鐘，一切就像飄往半空的肥皂泡，連呯的一聲的機會也沒有，便消失得無影無蹤。

他覺得有一件事，很想告訴子傑：「有一件事，我一直忘記感謝你。」

「甚麼事？」

「記得我倆在麥當勞巧遇嗎？你拍醒我之前，我正做着一個給喪屍追殺的夢，已是死路一條無路可逃了。就在這時候，我聽到一把男聲說：『你在做噩夢，只要醒來就沒事了。』然後，我及時提醒自己，那並不是在真實世界裏發生的事！喪屍們只差幾呎便伸到我面前的爛手，猛然消失不見了。我再睜開眼，你已站在我身旁，輕輕拍我後肩說：『差不多要出發去試場了。』……你知道嗎？回想起來，你把我從噩夢裏拍醒，大概就是拯救了我的那人。」

子傑發了兩秒的愣，奇怪地問：「你真的聽到了？」

「甚麼？」

子傑恍如思考着該如何道明一切，然後，他決定以另一個角度切入：「要是我告訴你，我和你之間的，根本不是一場巧遇呢？」

小霖靜靜看子傑，煙花的色素映在子傑的臉頰上，讓他像個電影明星。

「你知道，在你睡着時，我坐在你對面的座位，凝望着你有多久了嗎？」

「我不知道。」

「你知道，當我看到在你伏在桌前壓着的文件夾內的准考證，跟我是在同一個考場考一場試，你知道我有多高興嗎？」

「我不知道。」

「你知道，當我看見你猛皺着眉、全身都在抖顫，我知道你大概在做一個異常恐怖的夢，我在心裏大聲地嚷『你在做噩夢，只要醒來就沒事了』嗎？」

「我不知道。」

「你知道，我考到一半時間便已認輸，實在答不下去了，氣沖沖的提早離開考場的我，有幾多次想走出那家學校，讓我倆永遠沒有再見的機會？」

「我不知道。」

「所以，你不知道的是，一切也不是一場巧遇。我是故意要認識你，故意要讓你留意到我，並且一直一直的要讓你愛上我為止。」

「對不起，我真的甚麼也不知道。」小霖雙眼通紅了。

現在，他終於也知道，他令到未來的子傑有多痛。

子傑側着頭的看着小霖，他的眼神彷彿要貫穿小霖的身體。他深深吸一口氣說：

「一直蒙在鼓裏的你，現在甚麼也知道了，你的感覺如何？」

小霖把子傑的手拖緊了，「我由不會後悔，變得更加無從後悔了。」

子傑恍如先旨聲明的說：「滿街都是歧視的目光，你真的不怕嗎？」

「無論我怎樣做，歧視都會一直存在。」

「何以見得？」

「因為，不必等到別人的目光，我一直都在歧視我自己。」

子傑怔然兩秒鐘，才總算消化了他的話，點一下頭表示明白。

「所以，只要消除了我對自己的歧視，一切就會好起來。」

「要是，別人用鄙視的目光看我們，我們可以怎樣做？」

「我們也可以用同等份量的鄙視目光回看他們。」

「咦？」

「他們可以憎恨同性戀者，我們為何不可以討厭異性戀者？」

「你真的理智得太過分了，但我真的他媽的喜歡你的話！」子傑用了一種有別於他總是嬉皮笑臉的嚴肅臉容，恍似要認證甚麼的說：「別怪我提早提醒你，我們的感情注定會受到很多攻擊，你準備好了？」

小霖實在看不慣子傑的正經八百，那讓他看來更有喜感。但他還是認真地回應了他的疑慮：「我相信，在不久的將來，人類的每種感情也會得到尊重。」

「真會有那一天嗎？」他很懷疑。

「會的，請相信我。」小霖告訴他一個自己已知的事實，也就是這個世界的預言：「在不久的將來，同性婚姻將會合法化。但在此之前，我們還是可以用好朋友去稱呼對方，你可以接受嗎？」

是的，到了二零一九年，台灣寫下歷史，成為亞洲第一個同性婚姻合法的地區。雖然，香港還未有這個法例，但大不了也可離開，走去另一個包容大愛的國家。

「當然可接受。」子傑爽朗的說：「無論是個怎樣的稱號，也改變不了愛情的本質。」

「是的，好朋友或男朋友，只是一個不足掛齒的稱呼。」

這個時候，煙花匯演進入高潮戲，恍如撒上天空的七色花瓣，嘭嘭作響，讓遊客們驚嘆連連。有子傑在旁，小霖心裏的感動像層層疊的堆上去，但又每分每秒感到搖搖欲墜。

煙花演出完結之後，樂園隨即就會關門了，他記得電話亭的第三道規條：「在樂園當日關門之前，必須將話筒掛回電話機上，完成修正遺憾的程序。」他心中有萬般的不捨，不欲離開子傑半步。但更害怕一直不離開，到最後一切只會化成泡影。

所以，他不敢造次，決定遵照規則，盡快趕回電話亭。

他狠下心腸，輕輕放開子傑的手，向欣賞着煙花看得很開懷的他說：「我去一下廁所，很快便回來。」

子傑見小霖指指就在不遠處的男廁，並沒懷疑甚麼，向他點了一下頭。

小霖狠下心腸跑開去了，走到一個拐彎之前，他還是忍不住回望了子傑最後一眼。他不知這一去，將會發生甚麼事。但遠遠看到子傑眺望着煙花那稚氣而滿足的笑容——這個唯一有資格闖進他心扉的人——他覺得，縱使一切都會消失，可是，他無悔無憾。

尚記得，在八年前的這一刻，當煙花盛放時，他心不在焉地看着天空，可感覺到身旁的子傑在偷看他，心情忐忑快到了臨界點的他，只差那麼一點點，就會轉過身吻上子傑的嘴巴。若是當時冒死這樣做了，就不會令兩個人白白痛苦了八年之久，並且，以後可能尚有長達八十年的漫長煎熬。

所以，到了這個奇異之境，他做了自己敢想而不敢做的，他也知道關於子傑的秘密了，原來從一開始，子傑就有預謀地接近自己，他為了得悉這一切皆不是命運的巧合，覺得意滿心足。如果他還有甚麼所謂的理智，那就評價為死而無憾吧。

雖然短暫，但這是無與倫比的快樂時光，即使世界終將回復原狀，他也會不留遺憾的，回到最初的地方。

小霖跑向機動遊戲區，心跳不斷加速。患得患失的他，其實並不知道，那個突如其來的樹林區和那個海市蜃樓似的白色電話亭，會否重現眼前。

他加緊了步伐，匆匆跑過機動遊戲區，當他見到前面的舊墟又變回了樹林，他一陣驚喜，趕緊跑入叢林中，很快便見到白色電話亭。

衝進電話亭內，只見那個連着電話線的電話筒，就這樣懸吊在半空。他上氣不接下氣的握起了話筒，說了一句：「感謝你給我這個重新認識自己的機會，我回來了。」然後，他便將話筒輕輕掛回電話機上。

一陣金光閃過眼前，小霖合上雙眼，再睜開眼前，電話亭不見了，整片樹林也不見了，他正站在有三盞燈的街燈下，四周是舊墟。他知道，這才是現在的「真實」景象。

他腦袋一片空白，好像被挖空了甚麼也不剩。一方面急如鍋上蟻，希望馬上得知事情會演變到那個樣子。另一方面，他只想拖延多一會而已，暫時仍不想面對「現實」。

是的，要是甚麼也沒改變的話，他寧願永遠不去面對……與此同時，他又開始後悔，或許，他應該一直拖着子傑的手不放，直至被甚麼不可抗力的力量拆散他們為止？

就在胡思亂想的時候，他感到後肩被拍了一下。

這是一種多熟悉的感覺啊，他兩眼瞬間便熱了起來。

深深呼吸一口氣，慢慢轉過身去，面前的真是子傑。但這個子傑輪廓比較深邃，臉容有一種被歲月沖洗過的成熟感。

子傑用一種沒好氣的語氣說：「樂園最後的一場巡遊快開始了，我們要趕去廣場的大圓環觀看啦……喂，你站在這裏幹甚麼？又要裝『柱男』了嗎？我可證實你不是啊！」

小霖焦急地問：「先別說處男不處男了，在此之前，你先告訴我……現在是甚麼年份？」

「年份？二零二一年囉……你怎麼啦？」

「童心樂園是不是即將在四天後結業？」

「對啊，所以，你才會提議來走一趟。」子傑偷笑一下，「你說，這是我們兩人為彼此獻出初吻的性地……不，是聖地。」

「請告訴我，我們怎樣了？」

「甚麼……怎樣了？」

「我們的關係。」

「咦？」

「快說！」

「關係嘛，不就是你口中一直強調的……好朋友？」

「有甚麼證據？」

「證據？」子傑感覺眼前的小霖怪異之極，他翻起白眼苦思了三秒鐘，嘻嘻地說：「證據還是有的，要我出示嗎？」

小霖非常認真的點一下頭。

他希望得到一種，兩人真的不會分開的落實感。

「既然如此，我們一同來出示吧！」然後，子傑從外套的袋裏掏出了一個豬小姐造型的立體鎖匙扣，上面扣着一條鎖匙。

小霖馬上記得，那是八年前，他用一個特大獎換的小獎，兩個鎖匙扣之中的其中一個。

另一個是老虎先生。

一同來出示吧……小霖把手伸進衣袋裏，摸到了一個立體的物件。他掏了出來，跟子傑展示着的鎖匙扣，拼在一起，發出噹噹的響聲。

令小霖心折的是，老虎先生鎖匙扣扣着的一條鎖匙，跟豬小姐扣着的一條鎖匙，完全一模一樣。

人一旦壓抑自己的感情，黑夜便會顯得特別漫長。

第二章

緣淺的母女

「我只覺得，你並沒有重視我。」

「要是我不重視你，也不會分配兩張門票給你！」

「要是你真是個孝順的女兒，為何只是莫名其妙丟下兩張票子？為甚麼不可以攜同你的母親，一起去樂園遊玩一天？」

「問題是，我不是個孝順的女兒，但你是個慈祥的母親嗎？」

當琳琳再睜開眼，電話亭不見了，周圍的樹林也不見了，她發現自己置身在一個滾軸溜冰場內！

世上有太多事可以假亂真，只要有一個綠幕，就可讓人置身於外太空或變身成為超級英雄。但讓琳琳確定那不是甚麼厲害的幻術效果，只因她低頭一看，不止發現自己身上的衣服不同了，連她那個隨着年紀增長而隆脹的肚腩也不見了，換回了她在人生最高峰期的標準二十三吋腰圍。是的，那條剪裁得緊貼大腿每一吋肌膚的緊身牛仔褲，隨着她的身形日益暴脹，已有近十年時間沒穿過了。

除非，有人有能力把她的身材也掉包，否則，神智清醒的她非常確定，這一切皆是不可能的事。

這一刻的這一切，都是真實在發生的。

就在此際，一陣呱呱的青蛙叫鈴聲響起，把琳琳的思緒從遠處拉了回來。

有好多年，她也用青蛙叫做電話鈴聲，只因叫聲醒目又響亮，即使放在手袋內也不會錯過來電。現在人人轉用智能電話，反而不來這一套。正確來説，真會來電的人已少之又少，大家都用簡訊或用語音代替講電話了。打電話真是古代人才做的事。

搜索着鈴聲的來源，是在她的褲後袋。嗯當然是。把手機插在緊身牛仔褲的後袋，也是她過去的一個習慣。因為，有兩個男朋友也讚賞她，把手機放在高翹的屁股後，讓她有種誘人的性感。

當然，這些都已成了往事。由她三十五歲發福開始，已經沒有再穿窄身牛仔褲和後袋塞得進手機的資格了。

她伸手從褲後抽出了那枚小小的 Nokia 8210，電話的熒幕顯示是「媽媽」。她呆呆按下接聽掣，把手機緩慢地移到耳邊來，聽到一把兇巴巴的聲音說：

「你到哪裏去了？」

語氣是如此的差劣，但那就是誰也模仿不來的，讓她一聽就相信是媽媽的聲音。

——媽媽的聲音。

剎那間，她已兩眼迷濛。因為，她確實回到過去了。

聽過一個說法：無仇不成父子。

那麼，一對母女又會不會對對方恨之入骨？

琳琳人生中第一次感覺母親不愛她，甚至憎恨她，是在小學二年級那年。學校舉行一項親子的課外活動，要求家長和學生一同參與，每一位家長都要朗讀出兒子／女兒寫的一篇名〈我的爸爸／媽媽〉的作品。

琳琳把老師派發的活動章程給媽媽一看，沒想到她的反應是猛皺眉頭：「這只是課外活動吧了，就是說不參加也不會影響學業成績吧？那就別參加好了！」

「媽媽，你不用擔心，我那篇〈我的媽媽〉得到九十分，老師也稱讚我寫得很好！」

「你們學校做事真不經大腦，不是誰也喜歡走上台，被所有人評頭品足的吧？」媽媽一手便撕掉了詢問她要不要出席的回條。

就是那樣，在課外活動的一天，琳琳的同學與他們的家長，都在學校禮堂裏整整齊齊出現了，各位家長上台朗讀着子女的文章，恍如宣讀着一種親情的誓盟，無論大人和小孩，每個人也淚眼盈睫，場面極為感人，只有琳琳媽媽沒前來，琳琳木然地坐在一角，冷暖自知。

另一次，是琳琳的大學畢業禮，所有畢業生的父母和親人也會到場觀禮，大學裏的每個角落也有人拍照，場面溫馨熱鬧。琳琳在畢業禮前數天已跟母親提過此事，媽媽只是漫應着說那天要工作，沒明確說明會否前來。

沒想到，媽媽那天真的沒出現，琳琳硬着頭皮致電給她，電話卻轉駁到留言語音信箱去了，她最後還是無法留下一句話，就掛上了電話。

畢業禮過去了，那天晚上琳琳回到家裏，看見媽媽在客廳前看電視，對她淡淡地說：「今天舉行了畢業禮。」

媽媽說：「你應該開始積極找工作了。」

琳琳點一下頭，就回自己的房間去了。

很多人說，就算是親人之間的緣份，也有緣深和緣淺之分。從種種跡象來看，二人該是屬於緣份淡薄的下限吧？兩母女的關係永遠都是靜漠的，似有還無的，更像是住在同一屋簷下的租客。

在大學的藝術系畢業後，琳琳從事廣告創作。三年後，她創作的幾個廣告叫好又叫座，得到了一個大客戶的青睞。

這個大客，就是童心樂園。

由於要跟香港其他幾個大型主題樂園如迪士尼樂園、海洋公園等對撼，再加上慶祝童心樂園開幕二十週年，遂決定新增花車巡遊，希望可以做一個鋪天蓋地的廣告宣傳。

琳琳用了整整兩星期，挖空心思度了多個精妙又容易入腦的口號，宣傳一出，門票錄得預售人數長滿三個月的驚人紀錄。樂園對廣告效益相當滿意，向廣告公司派發了多張貴賓證，令琳琳和一群同事興奮不已。

琳琳拿到了廿張貴賓證，大部份送給了朋友，最後的兩張，她經過老半天的考慮，還是留給了媽媽。但這一次，她已經學乖了，在出門返工前，不提一句的把兩張貴賓證放在電視機前，任由媽媽處置。

那就是兩母女的相處方式，簡單的一件事，也會表現轉折且不便明言。

花車巡遊舉行的頭兩個星期，為了要確保一切順暢，琳琳需要在樂園內打點幫忙。在巡遊的第三天，當她正跟廣告部同事商討這天的節目流程，卻見媽媽一個人走進園內，身邊不見朋友同行。

在六月的大熱天時，媽媽手挽着小手袋，沒帶上一把傘，那只有曝曬一整天的份兒而已，這一切也叫琳琳覺得媽媽既粗心又土氣。

她所知道的媽媽，一向不是喜歡出遠門的人，活動範圍都是在家附近。更別說甚麼外地旅行了，連車程超過半小時的地區她也不愛前往，她就是那種嫌麻煩、嫌費時失事的人。所以，她居然真的前來距離市區起碼要一小時車程的童心樂園，不禁令琳琳一陣驚異。

媽媽路過琳琳前面，並沒有留意到她也在園內，琳琳也可以對媽媽視若不見，但她跟同事談好了安排，仍是向媽媽走了過去。

媽媽看見琳琳，奇怪地說：「你為何會在樂園內遊玩？你不用工作嗎？」

「我今天的工作，就是在樂園內打點一切。」

「你不是在廣告公司工作的嗎？何時轉工了？」

琳琳這才記起，她只是把門票放在電視機前，卻沒說明原委。媽媽不明所以也是正常的，兩人實在太少溝通。

她耐心解釋了原因，媽媽的表情一知半解：「我以為，你只要坐在辦公室內工作。」

「一開始，我也是這樣以為。」

「你去工作吧，我自己去遊覽一下就好。」

琳琳本來打算離開，但第一場的巡遊要在中午才正式開始，距離還有一小時多，她暫時無事可忙，向媽媽提議：「我帶你去樂園內四處走走。」

「我在樂園開幕時有來過。」

「樂園開幕？也就是廿年前的事了吧？樂園有多項翻新和擴建，許多設施也已不同，我可向你介紹一下。」為了做這個廣告，琳琳早已把樂園內的歷史和一切新舊設施的資料，背得滾瓜爛熟。

「哦，那好吧，謝謝你。」媽媽客氣地說。

兩人並肩走在樂園內，琳琳有種奇妙的感觸。回想一下，兩人這樣的並肩而行，居然已是幼稚園時代的事了。那個時候，媽媽早上帶她返回幼兒園便去工作。雖然，由家中到學校的路程只要短短十分鐘而已，但大手拖小手，卻是她難以磨滅的深刻印象。

沒想到，廿多年後的這一天，竟有機會重拾那種母女同行的感覺。

琳琳帶媽媽參觀全新建成的水族館，館外排着嚇人的長長人龍，有告示寫明排隊時間要九十分鐘以上，但兩人擦過一個又一個呆等的遊人，出示貴賓證就直入館內，媽媽彷彿非常滿意這種高貴的款待，讓琳琳暗暗自傲。

媽媽看進牆壁內一個個大大小小的玻璃魚缸，說：「我上次前來的時候，魚缸不像現在般細小，有一個可容納不同魚類的巨大魚缸，還有工作潛水員在水中餵食，大人和小朋友也看得開心，堪稱奇觀。」

「因為，樂園要增建一個叫『未來世界館』的全新設施，只好把面積龐大的舊水族館拆卸了，縮細了一半地方。」

「只要拆走幾家售賣樂園紀念品的商店，就可以做同一件事。」

琳琳苦笑一下，媽媽的挖苦真夠尖酸刻薄，卻又一矢中的。

參觀完水族館和未來世界體驗館，媽媽要去洗手間一趟，女廁門前如常地大排長龍，這個用貴賓證可沒厚待，兩人便相約在女廁旁的紀念品店等候。

當琳琳在店內逛着的時候，忽然接到廣告部同事的來電：「琳琳，你在哪裏？大事不好，你盡快趕來！」

聽到同事氣急敗壞的聲音，也知事勢嚴重。她打電話給母親，手機卻接不通，她無計可施，只好先行處理公事。

走到巡遊後台，琳琳才知道真是出大事了。有員工發現樂園裏最受歡迎的吉祥物豬小姐遭人惡意破壞。一套正式的戲服和兩套後備服，全部都被美工刀劃破，豬小姐的耳朵更被割去並遭盜走了，這個做法顯然要讓人無從修補。

第一場巡遊在一小時半後進行，豬小姐鐵定無法出場，但作為樂園六個不可或缺的重要主角之一，失場實在說不過去。所以，樂園職員急如鍋上蟻，而作為協力籌備這次活動的琳琳，也給殺個措手不及。

由於樂園主管和職員們要緊急處理這樁刑毀事件，琳琳和一眾廣告公司的同事被請求離開後台，大家無計可施之下只能乾等。

琳琳跟同事們說要靜一靜，便獨自走了開去。她在園內踱步，思考如何填補「豬小姐」的空缺，但她扭盡六壬，仍是想不出解決方法來。她在工作上力臻完美，所以，就算此事並非她缺失，她仍是心情低落，甚至乎，不自覺的把部份責任扛到自己身上去了。

當她魂遊一樣的踱着，手機響起了呱呱的青蛙叫，是媽媽毫不掩飾不滿的粗魯聲音：

「你到哪裏去了？」

琳琳心情太苦惱了，完全忘記媽媽在樂園內，她怔然一秒鐘說：「我馬上回來！」

一看手錶，原來她已走開了廿分鐘，也難怪會惹媽媽生氣。

她三步併兩步跑回那間賣紀念品的商店，在烈日當空下，媽媽卻站在店門外曝曬等着，似乎處心積慮要增添她的內疚感那樣。

眼見媽媽一副神情既不滿又有大興問罪之勢，琳琳明知是自己大意，叫自己必須保持着克制。她走到媽媽面前，快一步的開口：「對不起，我突然有公事，必須去解決。」

「你也可以先打個電話給我，我知道你有事要做，自己走走便可以。」

琳琳感到很委屈，「我試過打給你，但電話不能接通。」

「一次打不通，不能多撥幾次嗎？」

她耐着性子解釋：「我要趕去工作地點，一時忘記了。」

「我說中了吧？一開始不就告訴你，我自己去遊覽就好了，你現在倒覺得我在阻礙你工作了。」

「我不是這個意思，你也沒有阻礙我工作！」琳琳心頭愈來愈躁熱，語氣也開始不耐煩：「那些是突發情況，無人預料得到！」

「說到尾，我還是阻礙了你的工作，你快去忙你的吧！」

琳琳給這樣呼之來揮之去，心裏的不爽到了極限，忍不住連珠爆發：「其實，你真正想說的是甚麼？是不是由於我讓你等了廿分鐘，你現在要跟我清算這事？」

「我只覺得，你並沒有重視我。」

「要是我不重視你，也不會分配兩張門票給你！」

「要是你真是個孝順的女兒，為何只是莫名其妙丟下兩張票子？為甚麼不可以攜同你的母親，一起去樂園遊玩一天？」

「問題是，我不是個孝順的女兒，但你是個慈祥的母親嗎？」

「你說甚麼？」

琳琳抑壓了整整廿五年的怒氣，終於巨大地爆發：

「從小到大，我就是生長在一個奇怪的家。從來沒聽說有父親這回事，母親也對自己漠不關心，讓我覺得自己好像是多出來的一個。是的，我到底重要嗎？抑或，在這個世界上憑空消失了也無關痛癢？雖然沒有甚麼人生說明書，但我大概就是一個女人未婚懷孕誕下來，阻擋了她一整個前途的障礙物吧？每個人寫〈我的母親〉那篇作文，母親看見都會笑逐顏開、既愉快又感恩，我的母親卻連半眼也不去看看！還有那個該死的大學畢業禮，每個同學都問我母親在哪裏？我只能不斷捉着教授和同學合照，讓我不至於每一張也是單人照……以上這一些，能否證實你並不是一個慈祥的母親？」

媽媽用一種譴責的眼神看她，「那些已是幾多年前的事了？難道你就不可以忘記？就不可以不那麼斤斤計較嗎？」

琳琳整個人呆掉了，前一秒義憤填胸的她，後一秒正式轉為滿心悲哀。她永遠難以忘懷的傷心事，母親的回應卻是如此地輕描淡寫，甚至，反過來怪責她為何要為這些芝麻綠豆的小事而小器又記仇。

她心都碎了，再也講不出任何一句據理力爭的話。

是的，再說下去也無意義了。原來，自己的恨意半點也傷不到她恨透了的人，自己的傷心也只是白白冤枉一場的傷心而已。

兩母女以沉默對峙了幾秒鐘，琳琳的聲音變得非常漠然：「沒問題，我說錯話了，很對不起。」

「你去工作吧，這地方也沒甚麼好逛的，我很快會離開。」媽媽還真是個落井下石的高手，連自己把她送到這裏來的心意都抹殺了，將這一切變成這個女兒替她徒添的麻煩。

琳琳轉身便走，背着母親愈行愈遠，沒有一絲回頭的打算。在艷陽下，她整個人卻變得非常非常冰冷。

從這一刻起，她知道自己的心被冰封起來了，再也沒有轉圜餘地。

從那天開始，琳琳和媽媽正式斷絕了關係……不，在實際的身份上，兩人好像甚麼也沒改變。可是，在琳琳那個已然絕望的心中，「母親」不復存在。在她心裏，那只是個極度討厭，卻跟自己有着血緣關係的老女人而已。

兩個月後，她跟一個大學舊同學愛莎找到了一個合租的兩房小單位，便毅然決定要搬出去住。為的是愛莎和她的工作地點都在灣仔，省卻了每天兩小時來回返工的舟車勞頓，但琳琳心裏卻很清楚，她只是不願意跟媽媽朝見晚見而已。

就算要用上接近三分之一的薪金租房子，令生活百上加斤，但她也不計較。因為，她心知肚明，對她來說，那個家真是個痛苦的地獄。

無論要用上甚麼代價，她只求「越獄」而已。她心知肚明的是，這次搬出去住，一走就是一輩子了，她永遠不會再回去，每天每夜飽受煎熬。

搬出去住的前一晚，媽媽沒說甚麼，一如往常的為了從沒有固定放工時間的琳琳預備了晚飯。她那晚工作至十時多才回到家，當她淋個浴出來，母親已把翻熱了的飯菜放在她睡房的書桌上了。

她一向討厭母親做飯，只因母親做菜不好吃，隨便找一家茶餐廳的水準也聊勝於她。然而，這天嚐着媽媽親手煮的飯菜和熱湯，她有一種與別不同的溫暖感。臨別依依，她知道下一次再嚐到母親的菜，也不知是何年何月的事了，所以，令她有這一餐特別好吃的錯覺。

翌日早上，琳琳醒來時，媽媽已出門上班去了。她沒有機會說再見，就拖起了兩個大大的行李篋，離開了這個居住了廿五年的老家。

在這之後，琳琳只會在每年的大時大節，才會跟母親見面。兩人再見時盡是說些客套話，再也沒有深入交談過。

八年後的一天，琳琳在上班時接到媽媽的電話。她接聽，來電者卻不是媽媽，而是醫院護士打給她，告之她媽媽在工作途中突然中風。

琳琳趕去醫院，醫生告訴她，嚴重中風令媽媽全身癱瘓。她問醫生這情況將會持續多久，醫生用沉重的聲音宣告，根據以往的病例，病者可以復康的機會不多。

琳琳聽明白話裏的意思，就是說她媽媽下半輩子也得卧床，直至死去為止。

她心情非常沉痛。滿以為她擺脫了媽媽的同時，也等於媽媽擺脫了她。她可開展自己隨心無慮的人生，媽媽想也一樣。卻沒想到，一次突如其來的中風，像海嘯般把一切摧毀無遺。

她也是做足了心理準備，才踏進加護病房。但是，見到就這樣在床上直直地躺着、全身動彈不得的媽媽，她仍是悲從中來。

她努力擠出一個笑容說：「媽，我來看你了。」

喪失説話能力的媽媽，全身唯一可移動的，就只有一雙眼而已。

媽媽用咄咄相逼的目光瞪着站在床邊的琳琳，令琳琳腦中好像缺氧了。她只得用毫無意義的慌話安慰她：「我會替你找最好的醫生，你很快會好起來。」

這時候，護士前來作例行檢查，正好讓琳琳可以退出病房外。在媽媽面前幾乎無法呼吸的她，這時才可大大喘氣。

之後的事情，都變了跟金錢有關。

由於琳琳是媽媽的唯一的親人，所以，照料媽媽的費用，全由她一力承擔。由於這場嚴重中風並無變好的機會，形同就是無了期的醫療和請專員照料的負擔，即使媽媽有買保險，但保額的補貼畢竟有限。無計可施之下，琳琳只好把媽媽轉到普通的公立醫院，見步行步。

不問也知，在價位高昂和較低廉的醫院，醫生和護士的服務自然有天壤之別，病房的環境也是兩碼子的事，由本來兩人的私家房，到最後落戶在一房八人的大眾房，環境轉差了，就連幫忙替媽媽移動手腳、做一下伸展運動的護士的動作也是粗粗魯魯的，更別説是清理大小二便那種事了。但琳琳的經濟能力畢竟有限，只得叫媽媽屈就。

媽媽中風後，琳琳抽空前去探望，而每次她也是恍如單向的自言自語，媽媽只能睜着眼看她而已。她試過三四次後就不願再去。唯一可做的，就是每到了醫院每月的繳款限期前，及時交出一筆費用，幫媽媽續命。

到最後，一如她搬出去住的那樣，她一年只有幾個大時大節才會去醫院探望媽媽。每次見到媽媽，也發覺媽媽比起上一次更消瘦，肌膚暗淡無光，氣色每下愈況。就算睜着雙眼，她的眼神也非常消沉。醫生告訴她，由於長期臥床欠缺活動，身體各種機能都會加速衰退，體質虛弱了，骨瘦如柴也是正常的。

其實，琳琳一早就有再接到醫院的來電，遺憾地宣佈她媽媽過世的心理準備，可是，等了足足十二年，媽媽還是活下來了。

二零二零年十一月，一位新任職同事告訴她：「童心樂園要結業了，你知道這消息嗎？」

「不可能吧？」她嚇一跳。

新同事把手機的一段新聞向她展示，由於受到疫情和長年來遊客數目下降的打擊，樂園宣佈結束四十年營業的噩訊。

「我要趁它消失前，多去一次。」

「你想找回童年回憶嗎？」新同事笑問。

琳琳笑笑不解釋，新同事當然不懂她的往事。由於童心樂園空前成功的廣告，她才會被全港最大的廣告公司挖角，繼而變成今天的位高權重。

所以，到了樂園結束前的倒數第三天，趁着公司假期，她找了當年在灣仔同住了兩年的大學舊同學愛莎，抽空結伴去玩一趟。卻沒想到，出發的一天，愛莎居住的佐敦區的那幢大廈發現了帶菌者，忽然被圍封，全幢大廈的住客被強制撤離，送往檢疫中心隔離廿一天。愛莎只能無奈地失約，甚至錯失了去樂園打卡悼念的最後時機，她請琳琳替她前去，替她在樂園內多拍幾張照片留念。

所以，這就是為何琳琳只得一個人在園內百無聊賴遊覽的原因了。

天氣炎熱得很，以露天為主的樂園，悶熱得像個悶燒鍋，她開始後悔自己這個「尋找兒時回憶」的決定。

路過了機動遊戲區，走進了一片樹林的區域，高聳而密集的樹木形成了天然屏障，讓人頓感涼快舒適。她隱約記得廿年前的這一區，該是一個巨型的滾軸溜冰場吧。她只是很奇怪，為何樹林內空無一人，所有遊客都好像忽然消失了的那樣。

在樹林裏步行了約兩分鐘，她忽然發現在一個樹叢間，豎立着一個奇怪的白色電話亭。然後，在亭內看到那則修補遺憾的規條，自然而然想到兩母女當日惡言相向的吵鬧片段。

她由衷許了一個願：

「但願，我那天沒有跟媽媽大吵一場。」

然後，琳琳面前呈現了一陣金光光暈，讓她一時頭暈目眩，不得不閉上雙眼。當她再睜開眼，電話亭不見了，樹林也消失了，她發現自己置身在廿年前的滾軸溜冰場前！

她低頭一看，近幾年中央肥胖的肚腩消失不見，她竟又穿起了緊身牛仔褲，一陣呱呱的青蛙叫響起，她伸手從褲後抽出了那枚細小的 nokia 8210，解像度極低的電話熒幕顯示是「媽媽」。她呆呆按下了接聽掣，把手機移到耳邊，聽到一把兇巴巴的聲音說：

「你到哪裏去了？」

語氣如此惡劣，但那就是誰也模仿不來，肯定是媽媽的聲音。

此時此刻，媽媽已經再也無法說話了，那是一把久違了的聲音。剎那之間，她兩眼變得迷濛一片，她真的回到過去了！

急不及待去見健康的媽媽一面，琳琳即時行動，向着那家紀念品店的方向狂奔。

有超過十年，日拼夜拼的她，活動範圍就只有徘徊在廣告公司和公司附近的 California Fitness 健身室而已。所以，她一直可保持在四十七公斤以下，以她一百六十五厘米的身高，這個體重也算在標準之列。可惜，一天全港的 California Fitness 突然全線結業，加上她的工作忙得連走去做運動的時間也沒有了，久而久之便暴肥，一切都像是宿命。

所以這一次，體態回復輕盈的她，連身體機能也像重返廿五歲了。她氣不喘臉不紅的，用了兩分鐘便衝到紀念品店門前，遠遠看到站在陽光下曝曬着、一張臭臉的媽媽，她是好不容易才憋住喜悅的眼淚。

跑到媽媽面前，不等她大興問罪，已把媽媽的注意力引開，賠個不是的說：「媽媽，抱歉要你久等，我剛去安排等一下吃午飯的地方，店家需要提前拿籌號，是比較麻煩。」

「吃飯也要取籌號？」媽媽呆一下應道。

「樂園內的餐廳水準參差，大部份很差勁，只有這一家水準超好的。」

「應該很貴吧？」

「我們很難得才一起外遊，當然要吃好的，價格高一點沒問題。」

媽媽聽得非常貼服，氣即時消減了大半。

琳琳領她到店中，拿起一把輕盈又防紫外光的三節縮骨短傘，即時付了錢，遞到媽媽面前，「媽，送給你的。今天太陽很猛，別給曬足一整天啦。」

媽媽接過傘子，在手心上秤了秤，驚訝地說：「這把傘子好像沒重量。」

琳琳向她眨一下眼，「我跟樂園的職員談過，他們告訴我，這個成本高利盈低的傘子，是園內其中一個最值得購買的紀念品。」

這時候，手機的呱呱叫又響起，她請媽媽等一分鐘，就走開去接聽了，是廣告部同事氣急敗壞的聲音：「琳琳，不好意思又打擾你，樂園的員工不斷追問我們如何解決，時間已非常緊迫了！」

琳琳一副氣定神閒的語氣說：「我已想到了解決辦法。」

她告訴同事，樂園大門外有一個供遊人拍照用的豬小姐大模型，只要把它搬進來，再加上去歌劇院拿《豬小姐真豬秀》內的那個四個輪子的病床道具，把不會移動的豬小姐模型放在病床上，給她披一張大氈，在病床上豎一個牌子，寫上一句大標語：「天氣太熱！懶懶的豬小姐睡去了！但她仍堅持跟大家見見面！」就這樣讓員工推着去巡遊好了。所有遊客也滿以為是巡遊中的搞笑內容，這天的巡遊就可以捱過。明天早上，被損毀的豬小姐戲服會修葺完成，一切回復正常。

同事聞言，讚嘆不已地說：「這個應變方法也無不可，且充滿喜劇效果，琳琳你的腦筋轉得真快！」

琳琳無法告訴同事，她當年可要在巡遊前的廿分鐘，幾乎敲破腦袋才想到這一記絕招。但她只是簡單地說：「大家只要覺得可行便可以。對了，我媽媽來了樂園，要是今天沒緊急事，我希望陪伴媽媽到處遊覽。」

「你剛替樂園解決了一件嚴重的事故，今天好好去陪媽媽去玩，也好好休息一下！你的工作就由我們一群同事一起分擔吧！」

「謝謝你們。」

「琳琳，你這個『睡夢中巡遊的豬小姐』，真是神來之筆！」

琳琳愉快掛線。

走回媽媽身邊，她輕鬆地說：「媽媽，我們下一個行程去哪裏？不如去企鵝館，順道涼一下冷氣？」

「你是不是有工作在身？」

「剛解決了一些問題，今天沒特別事了。我的一群同事知道你來了樂園，叫我要好好伴着你玩一天。」

「你和一群同事好像也相處得蠻不錯啊。」

琳琳對媽媽的工作從來也不聞不問，這次卻罕有地問：「媽，你的同事對你好不好？」

「我的工作很少接觸其他同事，只有在換更亭時，才會打個招呼。」媽媽說：「至於路過的司機，一般都是找贖而已，來不及說上三句話。」

媽媽是隧道收費員，長年在過海隧道口的收費亭負責收取路費。對琳琳來說，那是一件手板眼見的工作，她一直覺得自己不會發掘出甚麼趣味來。

但這一次，她希望可以了解媽媽多一點，滿有興趣問下去：「公司有沒有規定，一輛車最多只能停下多少時間？譬如不能超過十秒鐘，否則就要扣人工？」

「也無硬性規定啊。」媽媽搖搖頭說：「但由於每個收費亭內都裝有閉路監察器，誰也不敢怠慢，總希望快手快腳的處理，讓車流通暢。」

「其實，設了個監察器，只為了繳款和收費的數目一旦有出入時，方便徹查是不是有員工在監守自盜。」琳琳還是很明白這些事：「誰會有興趣每分每秒也盯着職員工作？那畢竟是無事發生便無人會翻看的錄影吧了。」

「聽你這樣説，我工作時大概也不用那麼緊張了。我的數口很精明，兩三年也不會出一次找贖錯誤的意外。」

琳琳由衷佩服，「媽媽真的很厲害啊！」

媽媽臉上露出了沾沾自喜的微笑。

琳琳想到甚麼重要事，試探着問：「對了，你們公司有沒有替員工驗身的福利啊？」

「當然沒有，公司包一餐午膳，已是皇恩浩蕩了吧。」

「我任職的廣告公司提供廉宜的身體驗查套餐，可攜同一位家屬參與，不如我倆一同去？」與此同時，她也準備媽媽回應說「我身體一向沒事」然後，她會多費唇舌，希望說服媽媽去定期驗身，希望由此可避過中風的劫難。

沒想到，媽媽卻一口答應：「好啊，我這個年紀也該多檢查了，公司有個不煙不酒的職員患上肺癌，發現已是中後期了，我還是小心為上。」

「對啊，我盡快去預約。」琳琳慶幸的說。

兩人參觀企鵝館，又是繞過了需要排半小時隊的人群，直接走進館內，媽媽大概覺得有這些待遇實在太棒了，對女兒的工作也提起興趣。

「你說自己負責樂園的廣告宣傳，但那個廣告在哪裏？」

「你眼見的，全部都是廣告啊。」琳琳隨手指向門口處的全年入場證的大廣告牌，「樂園希望能增加遊客的人數，所以新增了可全年無限次出入樂園的入場證。這些廣告一出，配合着樂園新增的巡遊節目，和每晚加時到十分鐘的煙花，購買全年入場證的人，在一個月內增長了五倍。」

「購買了全年入場證，就可以像我們這樣，去所有景點也不用排隊了嗎？」

琳琳笑着搖頭，「不啦，我們這些已是屬於白金會員最高規格的待遇了，白金會員的收費，是全年入場證的三倍。」

「但這樣玩實在很開心，貴上三倍也值得啊。」媽媽看琳琳一眼，「我一直以為，你說的廣告，只是一句宣傳標語。」

「未做廣告員之前，我也以為是啊。」琳琳搖搖頭苦笑，「但原來，老闆和客戶豈又會那麼容易放過我呢？」

「我見每個景點都在大排長龍，你的這個廣告宣傳活動，做得非常成功。」媽媽認證似的點點頭。

琳琳聽得相當感動，她從沒有在媽媽口中，親耳聽過對她的讚揚。

參觀完企鵝館，琳琳替媽媽打傘，在園內逛了一會，計準開場時間，前往歌劇院觀看一天表演五場的《豬小姐真豬秀》。在劇院門口，瞧見一個大學女生與一家六口在拍照。女生身穿一襲傳統的大學畢業長袍、有流穗的畢業帽和披肩，是日溫度高達三十二度，她應該挺不好受，但抱着豬小姐毛公仔的她，笑得非常開懷，她一家人也盡顯欣喜之情。

媽媽看着女生，不禁一陣訝異：「為甚麼山長水遠，要來這裏拍畢業照？」

「因為，穿上畢業袍的機會，一生只得一次而已。」琳琳說：「大家也希望在交還畢業袍前，可以多留倩影。」

「交還？交還給誰，學校嗎？」

「不，多數學生也是向租借畢業袍的公司租用，因為，買一套畢業袍並不化算。況且，都是拍那麼一天的照吧了，所以大多數人會用租的。」

「你的畢業袍也是租的嗎？」

「當然啊，沒理由花這些冤枉錢。」

「嗯，我沒有跟你拍畢業相。」沒想到媽媽主動提起那件事。

兩人走到劇院門前的下，琳琳關上傘子，看了媽媽一眼說：「我叫過你來大學畢業禮，但你那天該要開工，來不了。」

媽媽臉上現出了一種有口難言的表情，她慢慢才說：「其實，我也很希望前來，卻出了點意外。」

「意外？」

「我向公司請了事假，一早便去了髮廊電髮，準備去跟你好好的拍一輯畢業照。我乘搭小巴出發前往大學，在半途卻遇上了車禍，小巴追撞前面的巴士，車上的乘客都成了滾地葫蘆。」

琳琳完全呆住，壓抑着情緒回道：「為甚麼我一直不知道有這件事？」

「只是小事。」媽媽揮一下手，以示不用擔心。「我被送到醫院做檢查，明明只是有點昏眩和皮外傷而已，醫生卻擔心我有腦震盪甚麼的，不肯讓我出院，硬要給我做一大堆檢查，雖然最後證實無礙，但卻用上老半天，令我錯過了你的畢業禮。」

媽媽說得可惜，琳琳聽得心酸。

畢業禮回家的那個晚上，媽媽對此事絕口不提，大概就是不希望女兒的畢業的一天添上不快，而琳琳也真的從沒發現她遇上車禍，只是一味抱怨媽媽缺席而已。她更記得自己當時大力呯上了房門，故意向媽媽表達不滿。

直至，在這個奇異時空裏，琳琳霍地發現了真相，原來她一直怪錯媽媽了。

她心疼地說：「媽媽，有任何大事或小事，或遇上甚麼困難，其實你也應該告訴我。」

媽媽卻搖了搖頭，臉上多了點嚴肅，語氣硬朗地說：

「從小到大，我也不喜歡麻煩人。自己可以解決的，就別去騷擾到別人了。因為，每個人都有自己的困難，未到最後一步也不該尋求幫助。又或者說，到最後關頭也別去求助，讓那件事順其自然地失敗就好了。因為，那就是我所認知的最真實的人生。」

琳琳只能報以苦笑，「媽媽，你也是堅強得太過分了吧？」

媽媽不改逞強的表情說：「沒八分堅強，一個女人實在很難把女兒養大啊。」

兩母女相視一笑，彼此各也帶着苦澀。

這時候，職員見二人手持白金票，熱情地請二人繞過所有等候的觀眾直接內進。可容納三百名觀眾的劇院內座無虛席。那個十分鐘的舞台劇，都是一群身穿樂園卡通人物戲服的演員在跌跌碰碰、搞笑逗趣而已。可是，觀眾之中有很多小朋友，當聽見童真的笑聲此起彼落的，就連大人的情緒也被波及了，人人也享受這鬆弛的一刻。

琳琳偷看一下毗鄰而坐的媽媽，她一邊看劇一邊忍不住在微笑。琳琳覺得這一幕太夢幻，要是真有甚麼遺憾，看到媽媽這個打從心底發出的笑容，甚麼也足已抵銷了。

劇終以後，趁媽媽去了廁所，琳琳偷偷致電到園內一家永遠高朋滿座的特色西餐廳，當她報上廣告公司和她名字，上幾天才跟她開過會的餐廳女經理，馬上應允替她留一個好位置。

半小時後，二人抵達西餐廳，媽媽一向對吃西餐的興致不高，但當她看到仿大教堂的歌德式建築的餐廳外貌，顯得一臉驚訝。

琳琳告訴她：「這家新西餐廳在上個月才正式開張，它的食物跟園內其他食店有很大分別，所以，吸引了大量食客前來光顧。」

兩人坐在餐廳最好的靠窗位置，見鄰檯食客都在吃的英式下午茶，金色的三層架上，每一層都放着造型精緻的蛋糕。飲花茶的茶壺和茶杯皆用上了高級瓷器，凸顯高雅貴氣，媽媽滿意地說：「這家店真不錯，難怪你剛才要先訂座，選得很好。」

琳琳哭笑不得，食物還未上桌啊。「媽媽，你還未開始吃啊。」

「很多人說『好看的東西不好吃』，但其實，看到便已覺得心曠神怡，未吃便已加了五十分，那才是真正享受吧。」媽媽看看鄰桌在吃的疏乎厘班戟，又讚嘆一下：「每一項食物都像藝術擺設，叫人怎捨得吃呢？」

琳琳心裏知道，媽媽真的喜愛這家西餐廳，所以，她故意拿餐牌給媽媽拍板，任由她挑選喜歡的菜式。卻沒想到，一邊嚷着價錢昂貴的媽媽，最後卻點了幾道昂貴的食物和特色飲料，讓琳琳大出意料。

她一直默默看着難得表現出一點淘氣的媽媽，心裏既溫暖又心疼。要是在廿年前，她沒有瘋了似的大鬧脾氣，這些兩母女溫馨共處的小片段，會不會在當時便發生了？但無論如何，她慶幸有了這個機會，可以修補當日的遺憾。

然後，想到了電話亭內訂明了的條款，她不敢細想如何取巧地去避過它們。對於疑幻疑真的這一切，她總是心存感恩，不敢違反規則，只怕弄巧反拙。

而當她決定了要墨守成規，也意味自己跟媽媽相聚的時間不多了。有一件事，她從來也提不起勇氣去問媽媽，只希望把握這個可一不可再的機會，得到她想要的答案。

「媽，我可不可以問你一件事？」

媽媽正用小鐵匙切開一塊抹茶蛋糕，她抬起眼輕鬆的說：「問啊。」

琳琳靜默半晌才問：「媽，其實，我真的沒有爸爸嗎？」

將蛋糕切成一小片、正想把它往嘴巴裏送的媽媽，乍聽這句話，她的眉頭輕輕一蹙，握着鐵匙的手僵在半空，然後，她沒有吃那一口蛋糕，只把鐵匙慢慢放回餐碟上。

媽媽沒有看琳琳，只把雙眼轉向附近一家三口的食客身上，那個面容慈祥的父親，正用叉子捲起意粉的麵條，分給妻子和女兒食用，一家三口看起來樂也融融。

然後，媽媽把目光收回，直視着琳琳，明明白白地說：

「那個時候，我同一時間有幾個男朋友，但到底誰才是你的父親，我真的不知道。硬要找一個人來認頭也不是不可以，但對那個男人、對你也太不公平了。」

琳琳已經長大到一個年紀，可以接受到關於愛情的種種事。她靜默一刻，明白事理地說：「所以，你一直告訴我，我沒有父親，意思並不是我的父親已死掉了，或是你倆分手了。你只是毅然選了做單親媽媽的這條路。」

「我當時也太自以為是了，滿以為我走我的路，跟其他人無關，沒想到這條路並不好走。」

琳琳心裏矛盾一下，直說：「其實，必要時，你也可以選擇打掉我。」

媽媽看着琳琳，乾澀一笑，「其實，我問過你了。」

「咦？」

「當我懷了你的第四個月，周遭的反對聲音愈來愈強烈，雖然我性子硬，我行我素的，但仍不禁動搖，陷入了要麼就繼續下去，否則一切必須及時煞停的交叉點。」媽媽說：「我決定不了，只好問肚子裏的你：『我應該怎樣做？你可不可以告訴我？』然後，就是在那天，我首次感覺到你踢我的肚子。我相信，你已經給了我一個明確答案了。」

琳琳知道，媽媽的確可抽身而退。那麼，她就可以擁有一個相對來得輕鬆自在、沒有包袱的人生。

而琳琳，卻不會有機會展開她的人生了。

雖然，媽媽說得輕描淡寫的，但琳琳大可想像她當時的處境可以多糟，在那個尚算保守的年代，媽媽的膽大妄為，一定會引發軒然大波吧？

「那麼說，我當時真的希望出世。」

「你的生命力很頑強，我的肚子總覺得被你一直的踢，連續痛了幾天，直至我打消了不要你的念頭為止。雖然事後知道四個月的你還未懂得腳踢，但我都認定了。」

「驟聽起來，我真是個不孝的孩子。」她乾笑起來。

媽媽用一種語帶歉疚的聲音說：「不，你很乖巧也很孝順，我卻不是一個稱職的母親，總是表現得手足無措，不知該如何跟自己的孩子相處。」

聽到媽媽坦露心跡，琳琳搖着頭安慰，「我倆之間也沒甚麼問題啊。」

媽媽不相信地說：「不會吧，一定有問題吧……不如這樣，你就告訴我一件，我令你傷心的事吧。」

琳琳拿起了茶杯，呷了一口薄荷茶，在思考着說和不說之間，她還是忍不住說了出來：「小學二年級，學校舉行一項親子的課外活動，我寫了一篇〈我的媽媽〉，準備好請你出席，在台上讀給你聽，沒想到你一手便撕掉了回條。」

「這些小事，你記到現在啊。」媽媽臉露尷尬之色：「我不是不想去，只是明知那些場面實在教人難以忍受，所以才避開去了。」

「有甚麼場面令你難以忍受？」

「站在你身邊，聽着你朗讀〈我的媽媽〉，我一定會哭崩吧？這怎麼可以呢？」媽媽一臉難堪的說：「我一向不是喜歡把感情外露的那種人，那些故作煽情的場面，我真的受不了，只好避之則吉了啊。」

「我滿以為，你不想給我的同學看見，我有個媽媽。」

「當然不是，你真的誤會我了。」

「對啊，到現在我才知道，我倆之間真有很多誤會。」琳琳點頭表示理解：「就譬如說……在我的大學畢業禮，原來你不也是想來的嗎？」

「對啊。」

琳琳和媽媽相視一笑。

然後，兩母女利用了快速入場之便，玩盡了園內所有的設施。當然地，機動遊戲區內那些教人聞風喪膽的跳樓機、海盜船等則不在此限。只不過，跟媽媽登上了摩天輪，在車廂中遠眺到整個園景的面貌，仍是賞心樂事。

離開了機動遊區，琳琳發現連接着的仍是滾軸溜冰場，那片樹林和電話亭並無重現。她變得患得患失。要是電話亭不再出現，這天之後又會發生何事？她腦袋一片空白，無法理出頭緒來。

媽媽對那個《豬小姐真豬秀》彷彿真的很喜歡，居然提議再看一次，琳琳順着她意思，再次進場觀看。她驚異地發現了媽媽童心的一面。

到了夜幕低垂，琳琳找了園內一家吃自助餐的餐館，好讓媽媽大快朵頤。但她心裏的擔憂感卻愈來愈重了，因為，眼見這個身體壯健和活動自如的媽媽，她變得更掛念現正臥病在床的媽媽，但願那個媽媽也可以有另一種命運。

雖然不捨，但她知道，道別的時間到了。

她努力叫自己別要流洩出半分分離的信號，只希望這是一場將傷感減到最低的道別。

自助餐有一小時半的時間，吃到半途，兩人已經飽得再也吃不下，只能喝着凍檸茶消滯，琳琳開口說：

「媽媽，可以跟你遊覽樂園，真的很開心。」

「對啊，我滿以為逗留兩三小時就會離開了，沒想到玩了一整天。」

「要是你有空，希望跟你來多幾遍。」

「當然要再來，但真要做樂園的白金會員才玩得盡興，就算要付費也值得的啊。」

媽媽忽然提議：「不如，由我來辦理，就當作我預先送你的一份生日禮物？」

「當然不可以。」琳琳搖頭，「該由我來辦理，就當作是我預先送你的母親節禮物。」

媽媽也搖頭，「哪好意思要你花費呢？」

「媽媽，正如你說的，有些錢還是值得花。」

兩人相視微笑。

琳琳凝視着這個感情變得愈來愈好的媽媽，道別變得更艱難。她只得硬起心腸說：「我出去逛一圈，看看有沒有新出爐的食物。」

「我要休息一會，你真的別拿我的一份，我吃太飽了。」

琳琳站起來告退，令這場道別來得無聲無息的。她忍痛跑出自助餐館，一眼也不敢回望，恐怕自己會忍不住留了下來。

然後，她加快腳步，一步一驚心的跑進機動遊戲區，心裏只祈求那個白色電話亭會重現眼前。當她走到遊戲區的交界，一顆懸在半空的心便落了地。

恍如聽到她心裏的呼喚，滾軸溜冰場不見了，換來的真是海市蜃樓似的樹林區。她三步併作兩步的跑進叢木中，不消兩分鐘，就見到白色電話亭。

看到懸吊在半空的電話筒，琳琳默默拿起它，對傳話筒說了一句：「希望媽媽不要有悲慘人生。原來，她並不是個壞媽媽。」她把電話筒掛回電話機去了。

一道金光在眼前冒起，琳琳合上眼，當她再睜開時，她發現自己正站在一枝有三盞燈的的燈柱下，頭上正頂着一個惡毒的太陽，讓她頓時頭昏腦脹。她低頭看看自己一身闊袍大袖和好像有了六個月身孕的肚子，知道自己回到現實世界來了。

一把傘子遮到她頭上去，她轉過臉見到的，竟然是她的舊室友愛莎。

「琳琳，餐廳有位了，要等人齊才可入座……你怎麼在這裏曬日光浴啊？」

琳琳迷惘地問：「愛莎，你不是住在佐敦道的大廈，今日被送進隔離營了嗎？」

「甚麼啊？我以前是住在佐敦道的大廈，但兩年前搬去荃灣了，總算避過了被送進集中營的一劫啊。」愛莎瞪着她，咕噥地問：「你是不是熱茫了？是中暑了嗎？」

琳琳這才驚訝地想到，在那個世界一定發生了一些事，導致這個世界有些事也不同了，那就是所謂的蝴蝶效應吧？即使微小如蝴蝶振翅，也能造成千里外之颶風混沌！她確認地問：「那麼，我倆是一同順利來樂園了？」

愛莎一臉奇怪：「當然啊！本來一切也很順利，我倆幸運地預約到自助餐的候補座位，職員即將要領我倆入座了，你卻走開去啊，我找了你十分鐘啦，我們快去報到吧！」

愛莎領着琳琳到自助餐的餐館，沒想到廿年過去了，在樂園內吃自助餐的仍是只此一家。正是她「剛才」跟媽媽吃飯的地方。可是，餐廳當時那種光鮮華貴已蕩然無存，看得出經歷了幾次裝修，卻難掩有點殘破瘡痍的痕跡。

由於印象猶新，她記得「剛才」吃到這一頓自助餐的價錢，只是今時今日的價錢的三分之一，可見物價騰貴到一個如何驚人的程度。

琳琳用了幾分鐘，好好整理一下思緒。很大程度上，她也在拖延着那個未知好壞的結果。因為，要是愛莎的遭遇有所不同，媽媽的處境想也該有改變了吧？兩人是無話不談的好朋友，愛莎一定也知道了吧。

但即使答案就在眼前，她卻一直不敢啟齒。

愛莎見琳琳沒有出去拿食物，反而合什着雙手靜靜呆坐。兩人結識廿多年了，她的每個異常舉動也逃不過愛莎雙眼。所以，愛莎也不去取食物，留下來關懷地問：「琳琳，你很有點不妥，一定發生了甚麼事了吧，你還是先告訴我吧。」

經不起愛莎追問，她不得不說出了在心裏糾結的事：

「雖然，我這樣說很古怪，但你可不可以把我當作一台剛剛重置了變回一片空白的電腦，給我輸入一些我想知道的資訊？」

愛莎看着一臉認真的琳琳，她很快消化了琳琳的話，認真點一下頭說：「沒問題，你想知道甚麼？我把我所知的告訴你。」

琳琳深深吸一口氣才問：

「我想知道，我媽媽現在怎樣了。」

愛莎用有點複雜的眼神看琳琳，然後，她清一下喉頭說：「你媽媽在四年前去世了。」

琳琳在餐桌下握緊了拳頭，她問：「她怎樣死？」

「你一直跟你媽媽同住，兩母女的感情非常要好。雖然，她每年也會跟你一同定期驗身，一向無病無痛。但四年前的一夜，她卻在睡夢中猝逝，最後驗出的結果，是一種隱性心臟病，因無家族前史，所以防不勝防。」

琳琳咬咬牙，輕輕地問：「我媽媽去世時……痛苦嗎？」

「醫生告訴我們，那個突發的過程不超過五分鐘，所以即使有痛苦，也來得非常非常短暫。」愛莎臉上帶着傷感地說：「醫生也說，你媽媽去世時的神情很安祥，所以，在睡夢中無知無覺去世的可能性也很大。」

琳琳點一下頭，釋懷的說：「那麼，她死得還算不錯。」

愛莎默默用遺憾的眼神望着她。

琳琳在桌底下緊緊握着的拳頭，慢慢鬆開了。

她記起媽媽曾經有多慘，她對這位好朋友說了老實話：

「每個人必得一死，痛苦的並不是死亡本身，而是陷入了讓人苟活得很痛楚、求死卻不允許的狀態。要是可以減輕痛苦，甚至乎，像我媽媽在那樣一霎間便已去世，無論如何也稱不上是一件壞事。」

愛莎同意地點一下頭，「是的，很多人在人生最後二十年或更久的時間，每天也在吃各種不同的藥物吊命，每一刻也在捱苦，那種情況才最糟糕。」

琳琳比誰都更明白，媽媽受了多大的苦難。每一次，當她走到媽媽的病榻前，只剩下一雙眼還能轉動的她，用眼神向女兒表達的只有一句話：「請你殺了我！」是的，琳琳無能為力，但她也不敢棄養，反而不斷交付醫療費用，讓媽媽一直延續着痛苦，沒有一種不孝比這樣做更不孝了。

所以，那就是她不敢直視媽媽，到了最後，也根本不想再去探望的原因。

琳琳的聲音變得沙啞：「我只是不知道，我媽媽生前有沒有遺憾？」

愛莎看着她，想到甚麼的說：「你打開手機，會找到答案。」

琳琳不明所以，她從手袋裏取出了手機，打開一看，手機桌面的照片，是一張身穿大學畢業袍的她和頭髮燙得很漂亮的媽媽的合照，二人臉上的笑容一致璀璨。

「你告訴過我，沒有跟你拍一張畢業相，是你媽媽最大的遺憾。所以，有一年生日，你媽媽送你一套畢業袍，跟你走到大學補拍了一輯。身為攝影師的我，聽到你媽媽喜孜孜說了一句話：『由今天開始，我的人生中真的再沒遺憾了！』是的，你媽媽生前沒有遺憾。」

琳琳想說甚麼，輕鬆一點的或說感性的，但根本來不及開口，她心一揪，眼前已糊成一片，哭成了淚人。

任何一種感情也可選擇要或不要，
親情卻是唯一的例外。

無論你喜或不喜，
親人就是陪伴你度過最多時光的人。
但你只能眼睜睜地任憑他或她逝去——
這個畢竟無法跟你一同老去的人。

最後，
至親會成為一卷名為回憶的菲林膠捲裏偶然掠過的幾幅。

第三章 從沒出現過的子女

在他的世界發生過的，在她的世界卻是未發生的。
率先告訴她兩人最後會分開，那麼，不就等於浪費了中間的流金歲月，他倆到底又有沒有在一起的需要呢？

還有兩天，童心樂園正式結業，終結了幾代香港人的美好兒時回憶。郭天海好像沒有踏足樂園的理由，但他又莫名其妙的去了。走進這個廣闊無邊際似的主題樂園，園內的一切既熟悉又有點陌生。有許多景點他似曾去過，但又好像跟以前的模樣不盡相同。

畢竟，上次前來，已有遙遙十五年之遠了。有可能是記憶出錯，也有可能是景點設施真的翻新過了，他無從深究。

坐過了既可輕鬆欣賞美景，亦無任何危險性的摩天輪後，郭天海便離開了機動遊戲區，走進連接着遊戲區的另一個森林區域。他依稀記得上次來時，這個位置好像是滾軸溜冰場之類的。森林園區內種植了許多樹木，嗅到清新的草木香氣，也配套了野鳥的叫聲，營造了一種人置身林中漫步的旅行感。

放眼一片碧綠，也由於大樹好遮蔭，在高樹下散步，消消暑氣也真不錯。然而，他愈走下去才愈發現，所有遊人都好像不知所終，正感奇怪，倏地望見前面有一個白色電話亭，在叢林之中顯得很突兀。

他慢慢走過去，拉開門進亭內，看見三條規條，他心裏忍俊不禁，沒想到這個以電話亭造型的「許願亭」，做得也滿認真的啊！

身在這個造型古雅的電話亭內，見到那一段：「憾事只限發生在本樂園內，你也只能回到造成遺憾的那一天。」他給逗趣了的內心有一刻平靜了下來，不禁也要反問自己一句：在這個樂園裏，你有沒有留下甚麼遺憾？

嗯，有啊！

真有一個遺憾。

遺憾的起源，在於他在童心樂園向拍拖四年的木木求婚了。

偶然地，他會有一種奇怪的想法：要是他那天不去求婚，或者求婚失敗了，他和木木就不會結婚，後來也不會出現一連串悲慘的經歷了。

更無奈的是，繞了一個大圈，他和她畢竟也分開了。

要是人生可跳過那一段，恍如趨吉避凶似的，無論對木木、抑或對他自己，也是好事。

雖然見笑，但感性的他仍是提起了電話筒，似要祈求上天給他一個重生的機會，朝話筒輕聲說了一句：

「希望那天，我沒有向木木求婚！」

眼前一道詭譎的刺眼金光暈閃過，他無法不合上雙眼，再睜眼，他發現自己站在一條燈柱之前。他手中的聽筒不見了，電話亭也不見了，整片叢林也不見了，變了一個滾軸溜冰場，他正站在溜冰場外的一枝燈柱前。

他不知發生何事，只感覺自己的手心正握着甚麼東西，攤開手心一看，是一個圓形的紅色絨盒。把盒子打開來，裏面藏着一枚銀光閃閃的鑽石指環。

就在這時候，一個母親推着嬰兒車經過，車內一個幾歲的小男童在手中拿着的一個小膠球掉了出來，球慢慢滾到他腳邊。他把那個印着布甸狗卡通圖案的膠球拾起，小童的母親也走到他面前了。女人有一張非常清秀的臉，他伸出手臂，把小膠球遞到女人手上。

女人對他感激一笑，忽然說了一句：「祝你求婚成功！」

滿心混亂的郭天海，有一下子不懂反應。

女人向他的手心抬了抬下巴，微笑着說：「我見到你手上有求婚戒指。」

郭天海垂下頭，看着掌上的指環，他只好強笑一下，說了一句：「希望順利吧，謝謝你！」

目送女人推着嬰兒車走遠，一直心感茫然的他，猛然如遭電殛。因為，他的而且確遇上過這一幕啊。就連那個印着布甸狗的小膠球，那個美麗的母親，她那句對白也是一模一樣的。

他仍是呆若木雞，整個人癱軟下來。

唯一確定的是，他回到最遺憾的一天了。

二零零五年十月中旬，陽光普照的一天。

這是郭天海人生裏最緊張的一天，上次有這種胸口翳悶、胃部翻騰的情緒，已經要倒數到中學高考的放榜日了。

只因，他偷偷買了一隻戒指，準備在童心樂園內向女友木木求婚！

雖然，近幾個月以來，郭天海在與木木的交談中，多次試探了她對結婚和二人未來的看法。雖然，她的想法樂觀而正面，但這只會增強了他的自信心而已，會不會求婚成功，仍是未知之數。

朋友沒幾個的他，想不出甚麼盛大又驚喜的求婚計劃，所以，只能努力做到出其不意。跟木木拍拖四週年的這天，他提議去童心樂園玩上一天，木木不疑有詐，愉快地答應了。

兩人也有很久沒去過童心樂園，主要原因是門票實在太高昂（更別提那些免玩遊戲排隊的貴賓級會籍收費了），再加上園內嚴禁攜帶外食，要在這裏玩一天，人均消費少不免上千元，那可不是誰也願意負擔的數目。

事隔多年，重訪舊地，郭天海感覺這地方已失去以往的驚喜了。當然，他隱約記得有幾個景點好像不同了，供遊客拍照留影的風景區仍有不少，但他卻感覺整個樂園添上了歲月的風霜，遊人也不多，已開業廿五年之久的童心樂園，有種遲暮了的蒼茫。

遊覽了幾個園區，趁着木木找樂園吉祥物豬小姐、老虎先生和大板牙兔拍照，排着長龍的時候，郭天海走出來喘一口氣。他走到附近的一個滾軸溜冰場區，把身子挨到一枝頂頭有三盞燈的燈柱前，從衣袋裏騰出了那個圓形的紅色絨盒。

打開盒子，裏面藏着一枚銀光閃閃的鑽石戒指。

用了整整兩個月的薪金買下，鑽石的份數是一點零四卡，看來就是大大的一顆，算得上是有體面了。縱使如此，再看看櫥窗內那些兩三卡的戒指，標價是幾何級上，他只好嘆口氣，自愧不如。

——木木會不會拒絕他的求婚？萬一求婚失敗了怎算好？

就在他胡思亂想之際，一個母親推着嬰兒車經過，車內一個幾歲男童在手中拿着的一個膠球掉出來，球慢慢的滾到他腳邊。

他把那個印着布甸狗卡通圖案的膠球拾起，容貌清秀的母親走到他面前，他伸出手臂，把小膠球遞到她手上。

女人對他感激一笑，忽然說了一句：「祝你求婚成功！」

郭天海一下不懂反應。

女人向他的手心抬了抬下巴，微笑着說：「我見到你手上有求婚戒指。」

郭天海垂下頭，看着掌上的指環，得到了激勵的他，感動地一笑，「希望順利吧，謝謝你！」

目送女人推着嬰兒車走遠，他自我打擊的負面情緒立時消失了，整個人躊躇滿志。

他知道，自己正好要趁一鼓作氣，將預定了的求婚計劃進行到底！

跟人見人愛的豬小姐開心合照了、又玩過幾個孩子氣的機動遊戲如小飛象、小汽船和咖啡杯後，郭天海把木木帶到整個樂園最恐怖的跳樓機前，她幾次搖頭擺腦的拒絕，但郭天海堅持要跟她玩一次。

木木哭笑不得，「有那麼多機動遊戲，為何要玩這一個？」

「這是我們四週年紀念的特備節目啊。」他故弄玄虛。

「是特備的恐怖節目嗎？」

「不相信我嗎？跟我坐一次，你不會後悔的啦！」

他伸出手來，木木雖然老大不願意，但還是接過了他的手，兩人手拖着手的坐上了座位。

跳樓機以緩慢的速度向上爬升，並排而坐的郭天海，對身邊的木木說：「你知道我為何要把你抓上來？」

木木早已驚怕得臉色煞白，她苦澀笑說：「因為，你是個虐待狂？」

「因為，我想跟你患難與共啊！」

「雖然，你的話也很有詩意，但我真的很害怕。」

「也許，我可令你笑起來。」

「我真的笑不出來，但你可試試看。」

郭天海伸手進衣袋裏掏出了絨盒，在她面前展示。然後，他抑壓着緊張的心情說：

「這就是患難與共的意思了。請你嫁給我好嗎？」

木木凝望着那枚戒指，完完全全呆掉了，問：「你說真的嗎？」

「你可拿起戒指看看，看看是否貨真價實。」

木木太震驚了，只想確定他是不是在開玩笑。她用兩指撿起一看，發現是一顆真戒指。

郭天海實在無法預計木木會有何反應，到了這個無退路的地步，他也只好搞笑了：

「我也想單膝跪下來，但我被安全帶束住了，此事後補。」

木木說：「你知道嗎，你這個人真的很好——」她的話到此停頓下來。

他吞了一大大口水，聽說某一方想分手時，總愛說：「你這個人真的很好，只是我——」然後將一切責任包攬到自己身上……他是被拒絕了嗎？

座位繼續徐徐向上升，雙腳離地愈來愈遠，樂園的風景變得愈來愈渺小，好像即將要直入雲端。可是，木木卻由非常害怕，心裏變得異常平靜。

她停了好幾秒鐘，才續說下去：「你這個人真的很好……我有種感覺，自己好像在最壞的境地，獲得了最大的幸福。」

郭天海腦內一片空白，他試着問：「你的意思是……答應了？」

兩行喜悅的眼淚從她臉龐滑下來，但她卻笑了起來：「當然要幸福地答應啊！」

不知為何，這一次輪到他發怔。一下子應付不了洶湧而至的巨大幸福，因而變得不知所措起來。

「我也想用力擁抱你，但我被安全帶束住了，此事後補。」木木實在等不及他替她戴上戒指，她自己就把它套進無名指裏去了，然後抬起了手臂，凝視那尺寸剛好的戒指，向上天宣佈似的說：「媽啊！我終於出嫁了！」

就在這時，高聳入雲的跳樓機，發出了恍如一種機械臂斷裂的轟隆聲，整排座位便向下直墜，郭天海聽到自己在呼嘯風聲中大聲高呼：「媽啊！我求婚成功了！」

兩人緊緊牽着對方的手，彼此的臉上滿是淚花，又哭又笑的揪成了一團。

求婚成功後，接下來就是籌備婚事，兩人來自小康之家，婚事一切從簡。少了大排筵席之苦，一切來得很順利。半年後，他們便結成了夫婦。

除了有一件事，是二人之間的最大分歧。

郭天海知道木木想做母親，但他卻老大不願意成為父親，那就是兩人之間的最大分歧。可是，當時的他，仍抱着不可思議的樂觀，心想一定能夠勸服她。

因他覺得，在這個最壞的時代培育下一代，是一個不可饒恕的巨大錯誤。

所以，他用經濟尚未許可，暫時還未適合有下一代為理由，請求木木吃避孕藥。木木也明白兩人的處境，妥協地迎合了。他心裏的想法是，只要一直拖延下去，終有一天，她會對想要孩子這件事不了了之。

可是，婚後的第九個月，木木卻突然告訴他，她意外懷孕了。

雖然，吃了避孕藥也不保證百分之百不會受孕，但他認定那是她使的詐，以順利達成她做母親的心願。可是，他終究講不出叫她去做終止懷孕手術那些殘酷的話，只好啞口吃黃連。

由那一刻開始，他有種人生被支配了的感覺。

心知肚明的是，有了孩子之後，他的人生即將改寫，他會為孩子犧牲很多，本來已經捉襟見肘的生活，只會百上加斤。他也不可能維持到一貫的生活質素了吧。況且，不問也能預知，木木的生活重心會全放到孩子身上，他也會失去獨一無二的重要性。

雖然，那是一種非常荒唐的感受，但他感覺自己像個即將家破人亡的孤兒。

當然，他也聽過一種説法：養育兒女是一項長線投資，讓自己不至於老來無依。但他悲觀且貼近現實的性格，卻認定那是一場沒回報、只會損手爛腳的無謂投機而已。

看着木木的肚子一天一天隆大，他也只得接受現實。可是，每次跟木木走進嬰孩用品的店舖，看着她開心搜刮各種嬰兒物品的興奮表情，他只能一直陪笑。

木木懷胎的過程很順利，第一次做準媽咪的她緊張兮兮，做了幾次產檢，包括唐氏綜合症、三倍染色體基因檢查、超音波等，醫生每次也診斷出胎兒很健康，讓木木放心下來。

懷孕到第九個月，距離預產期還有廿天，木木突然腹部劇痛，他手足無措的把她即時送院，醫生告訴兩人一個震撼的消息，她這一胎流產了。

郭天海滿以為會在心裏竊喜，但並沒有，真的沒有。因為，他從沒見過木木那種悲痛欲絕的表情，他為了她當不成母親而痛心。那種挖心挖肺的痛，比起他自己也失去孩子的傷心，更多了百倍。

自從失去了孩子，她的情緒就一蹶不振了。他知道她受到了巨大的打擊，也多加陪伴慰藉。可是，自責的她卻一直走不出來，更有患上抑鬱症的跡象。為了芝麻綠豆的事也會大鬧脾氣，兩人從此陷入了無止境的爭吵中。

無日無之的吵鬧，足足維持了有兩年之多，到了最後，兩人也筋疲力盡，雙方協議離婚，和平地分手。

其實，那是郭天海寧願獨自承擔着的一種不為人知的痛。

他不會不明白，離開木木才是令她真正釋懷的方法。因為，只要他在她身邊，她很難不去記住，兩人有過一個孩子。

這就是他答允離婚的原因。

兩人離婚後的第三年，木木再婚了，對象是一個在銀行任職投資部門的男人，婚後第一年和第二年，他們分別誕下了一子一女。

郭天海也遇上了一個喜歡的女人，叫小河。

愛上小河的原因，很大程度是二人的世界觀很相像，尤其對於生孩子這回事。他甚至不必向她作出心理輔導，由於二人也看過太多根本不符合當父母資格的男女的錯誤示範，所以彼此也非常同意，這個世界已不再適合孩童成長了。與其要孩子每天呼吸着邪惡的空氣，每天面對着邪惡的人和事，最後更苦苦掙扎自己要不要成為同流合污的邪惡同盟，又或者清者自清卻在這個濁世裏繼續受到妖邪的荼毒……兩人有種共識，要是不想毒殺一個無辜孩子的心靈，倒不如乾脆抹殺他們出生的權利，別要「無中生有」。

小河是郭天海的一面鏡子，誰又不會喜歡對鏡自憐呢。

一年前，他在尖沙咀重遇了木木。

那是 K11 MUSEA 商場開張的一天，當小河走進了一家女服裝店試穿，郭天海四處閒逛，當他走到商場地庫，發現木木正在一個給小朋友玩樂的兒童活動園區裏，坐在她身邊的是她的一對兒女，和一看就知道是她丈夫的男人。兩人正指導一對幾歲的子女給畫紙上的卡通人物繪上色彩，一家人樂也融融。

郭天海藏身在一條圓柱之後，遠遠看着木木幸福的一家。他驚訝地發現，木木和她先生的笑容是如此地燦爛且一致。他靜默的看了整整三分鐘，心裏明白到了，那就是擁有着父愛和母愛的人，在兒女面前自然而然流露出的童心未泯的微笑。

要是，當年的那個孩子，沒有遭逢到意外，順利出生的話……這一天，共聚天倫之樂的，會不會就是他們一家三口？

突然之間，郭天海滿心也是悲哀，只因在他的生命之中，彷彿是注定了的，沒有機會成為一位爸爸。

他像給猛轟了一拳，鼻子狠狠發酸，決定讓自己背向這種負面情緒，不敢再看木木一眼，轉頭便離去。

找回小河，他打了個呵欠的說：「這個商場好悶，我倆不如去海港城逛c!ty'super？」小河最愛就是去c!ty'super超市購物。

小河有點奇怪，「我們不是去這裏新開的UA看戲嗎？」

「每一區也有UA戲院，這一家的戲票竟然比起銅鑼灣更貴，實在太不合情理，我們改去另一間。」

彷似見鬼了卻不敢宣諸於口一樣，他急急領着小河離開了K11 MUSEA。是的，撞見了木木，他也可以落落大方帶着小河迎上去，跟她的一家人談笑甚歡聊上幾句，可是，他不想故作大方，也就不如不見。

也許由於，木木是他生命裏的一道永遠不好的傷口。

一星期前，從新聞報道中，得知童心樂園即將結業，本來，郭天海對此事並不上心，只覺一陣惋惜而已。可是，這一天，他本來相約了小河去郊外走走，小河卻因天氣太悶熱而臨時不想去了，兩人為此而無聊吵了一場，郭天海滿心不快掛線了。

所以，已經出了家門的他，忽然有了一整天的空檔。心情鬱悶的他，突然看見前面有一架前往童心樂園的巴士在上客，他便無緣無故跳上車去了。這就是他來到童心樂園的原因，一切都莫名其妙。

反正，他得到了再訪樂園的機會，然後，匪夷所思的走進了白色電話亭，許了一個願。

女人說：「祝你求婚成功！我見到你手上有求婚戒指。」

「希望順利吧，謝謝你！」

他仍是呆若木雞。唯一確定的是，如他所願的，回到二零零五年，人生中最遺憾的那一天了。

目送女人推着嬰兒車走遠，一個臉上帶笑的人慢慢迎過他，是木木。

他下意識的把放着指環的紅絨盒塞回衣袋中，手忙腳亂的，恐防會給她發現。

木木親切地問：「對了，我們下一站會去哪裏？」

郭天海只能一直凝視木木的臉龐，感覺恍如隔世，久久說不出話來。

「怎麼啦？我的臉有污漬嗎？」

「沒有。」他摔一下頭，要讓自己盡快恢復正常，免得被木木發現他是「假冒」的。他說：「我努力在想下一站，應該去哪個景點才好。」

木木一臉滿足的說：「我今日最重要的任務，就是跟老虎先生、豬小姐、大板牙兔、牛牛博士合照，現在已完成了，去哪裏也沒問題啊。」

郭天海記起了，在「原裝版本」裏，他帶木木找一眾樂園主角合照，再多玩兩個充滿孩子氣的跳彈床和小象飛船，就會把她帶上跳樓機，然後向她求婚。

可是，得到了一次重新的機會，遙遠眺望着機動遊戲區內高聳入雲的跳樓機，他突然怕得要死，把視線轉回了木木臉上，對她說：「天氣太熱了，我們還是別留在露天景區，不如到海洋館看看大魚，涼涼冷氣？」

「好啊，我也快熱死了，去涼一下冷氣很好呢。」木木瞄了郭天海一眼，想到甚麼的笑了，「多害怕你會把我硬拉上跳樓機啊！」

他默然兩秒，乾笑着說：「我看起來像那樣無賴嗎？」

「看起來不像，所以才最危險啊。」木木嘻嘻笑，「我知道，你一定會找到方法令我坐上跳樓機，而我也想不到方法拒絕的吧！」

郭天海心裏猛地酸一下，木木猜對了。他幾乎是把她押上了跳樓機，為的卻是一個令她萬分驚喜的原因。

他只得聳聳肩的說：「幸好，我並沒有那個打算，否則就中計了。」

「中計了？」

「陷入了『早知你是個無賴』的陷阱裏，水洗也不清吧。」

「好啦，當作是我看錯了你啦。」

「甚麼叫『當作是我看錯了你』？你直接説『我看錯了你』不就更正確嗎？」

「好啦，我真是看錯了你啊！」木木毫不認真地竊笑。

「『真是』兩個字也是多餘的，驟聽起來，就像説『我真是恭喜你啊！』其實就是一句挖苦的話吧？」他很快又找回兩口子相處的節奏了。

是的，兩人就愛這樣的笑鬧，針鋒相對的，甚少有一本正經的對話。

「好啦好啦，我修正自己的話。」木木忍着笑意，「我看錯了你，恭喜你！」

「這就差不多了。」他又疑惑，「但為甚麼，你要恭喜我呢？」

兩人一邊嬉笑，一邊肩貼肩的走向海洋館。郭天海看着朝反方向愈走愈遠的跳樓機，他知道自己已經踏出了修正遺憾的第一步了。

是的，只要不去向她求婚，只要不讓兩人有成為夫妻的機會，後來引發的一連串傷害，也會隨之而消失。

可是，與此同時，當他把手放進衣袋內，摸到那個裝着指環的小盒子，心裏卻有另一番失去了生命中甚麼重要事物的滋味。

兩人參觀海洋館，木木一直專注凝望着隔一道玻璃的魚兒，而郭天海則一直專注凝望着木木。他心裏一片茫然，這到底是時間倒流了十五年，抑或跌入在樂園內的另一個過去式的世界？他給弄模糊了。

就在這時候，木木把頭轉向他，對他說：「嘿，被我發現了！」

「你發現了？」他大吃一驚，他是哪裏露出了破綻？滿以為自己已「模仿」得很好，「你是如何發現的？」

「我在玻璃前的反映中，發現你一直在偷看我。咦咦咦，這名美女為何會這麼漂亮？我的目光為何一直移不開去哦？」

郭天海恍然大悟，鬆口氣的笑道：「沒想到被發現了！是啊，你真的太漂亮，我忍不住一直在看你啊！」

「我就知道啊。」木木用沾沾自喜的語氣說：「魚缸內所有的魚兒加在一起，也及不上我漂亮吧！」

「基於生物物種的差異性，實在很難用魚的美貌，和人的美貌作比較啊。」他哭笑不得。

「你答錯了啦！你應該說：對啊，你的美貌簡直直迫美人魚啦！」

郭天海還想跟她來一場美人魚到底美不美的爭辯，但他決定順從地說：「對啊，你的美貌簡直直迫美人魚，甚至過猶不及的，比起美人魚更多了一雙美腿呢！」

木木聽得呵呵大笑，高興地鈎着他手臂繼續同遊。郭天海感受到木木肌膚觸感和體溫，只覺得有一陣久違了的安慰，他決定不去執着於這到底是哪個時空，只想珍惜跟她共度的每分每秒。

兩人一連玩了幾個室內和室外景點，玩到恐怖鬼屋時，明明就是小兒科的驚嚇度，但已嚇得木木神經質地大叫大嚷。去歌劇院欣賞《豬小姐真豬秀》，明明只是逗小朋友嬉笑的粗疏小把戲，但木木卻是哄堂大笑之中笑聲最大的一人，讓身邊的他很訝異。

是的，事隔多年後，郭天海已忘記木木是個大鳴大放的女子。現在重見舊人，他慢慢記起自己一開始喜歡她甚麼了，他就是喜歡她像個孩子般的愛哭也愛笑，喜歡她的真情流露吧。

所以，這大概也可解釋到，為何她在失去兒子後，會陷入情緒失控的境地。其實，不會刻意掩飾自己，就是木木原來的樣子了。只不過，郭天海接受到她豁達開朗的一面，卻愈來愈厭棄她宣洩哀痛的一面，才會讓兩人的婚姻觸礁了。

兩人走到新開幕的「未來世界館」，排了足足半小時的隊才能進到館內。展覽館以預視未來為主題，有很多未來世界即將會發生的構想圖和模型。當然，一切都是預測而已，所以，予人天馬行空的印象。就好像有一段短片，預測人類移民到火星定居，木木直呼那不可能發生。

當然，郭天海並沒告訴她，在不久的未來，飛去另一個星球的機票已經公開發售了，很多著名的店家，也已申請在月球開分店了。

木木指着未來二十年後世界有可能會出現的電腦預測圖說：「這就是未來的電腦啊？不可能吧？誰願意帶一塊偌大的長方形大鐵板出街？」

木木形容得非常搞笑，郭天海只能苦笑一下，他不知如何告訴她，不用等二十年了，在五年後的二零一零年，蘋果開發了第一枚平板電腦，此後平板電腦的熱潮就如雨後春筍，人人手裏幾乎也有「一塊長方形大鐵板」。

兩人走到未來家居類別的展館，大電視內展現了很多個預設的家居設計影片，清一色都是帶着冷金屬感的簡約設計，木木看着影片，憧憬着說：「我們未來的家，不知會是怎樣的呢？」

面對木木這個問題，郭天海答不出來，並非由於他一無所知，正因他已經歷過了，才會有口難言。

他只得說：「知道得太多，不一定就是件好事啊。」

木木卻不同意：「誰說的？要是對未來的動向一清二楚，我們就不用走那麼多冤枉路了吧！」

「冤枉路？」

「對啊，就譬如……這樣說吧，要是我知道今天的『糖果屋』會內部裝修，我一定會改天才到來！」

郭天海想想也對，有 3D 視覺效果的十分鐘電影《糖果屋》，這天不知何故的暫停一天，令一心來捧場的木木很不開心。所以，就算要排上將近一小時的隊，郭天海也要等到跟豬小姐這些樂園的主角合照，讓木木重展笑顏。

「可是，改變了未來，也有可能引發一連串連鎖反應的吧。」

「連鎖反應？」

「你記得那些講述穿越的電影嗎？戲中的主角總是試圖改變一切，滿以為會將壞事變好事。沒想到的是，每次總會令更多本來的好事變得更壞，那就是悖逆天意的連鎖效應啊！」

「你太過杞人憂天了啦！」

「不，你只是太過無憂無慮了吧！」

木木笑着挑戰他：「好了，不如這樣說吧，要是你知道我倆五十年後仍會在一起，你應該不會對我好了吧？」

「為何要這樣說？」

「因為大局已定了啊，人不會珍惜木已成舟的事物的吧。」

他凝視着她，用心地說：「不，就算已成定局，我仍是非常珍惜你。」他就是為了她而回來了。

「何以見得呢？」

郭天海搖了搖頭，用堅定不移的語氣說：「你相信我便是。」

「既然你說得如此肯定，定可以拿出證據來吧？」

他不安地把兩手進衣袋裏，不小心又摸到了那個盒子，心裏一沉，無奈地說：「有很多事，你不知道比較好。」

木木翻一下眼，聰慧地反駁他的話：「我不也是當事人嗎？好或不好，我也有權去做決定啊。」

郭天海想一下，木木的話並無不對。他深深嘆口氣，知道自己實在按捺不住了，真想把兩個人的未來提前說上一遍，恍如《警訊》中的「案件重演」環節，希望令木木有所警惕。

他把木木拉到展場一角，確定附近並無遊客聽到，他嚴肅地說：「好吧，我告訴你，我是從未來回來的人。」

木木怔住了三秒才反應：「哦好，未來人，請說下去。」

他決定毫無隱藏地說出真話：「我從二零二零年回來，也就是十五年後的今天。十五年後的我們，曾經結過婚，卻也離了婚。所以，我希望回到今天，改造我們之間的關係！」

「不會啦，我是那種嫁給了誰就會一生一世跟着那個男人的女人，我百分之一百肯定自己不會離婚。」木木偏着頭納悶，不明所以地說：「難道……你有外遇了嗎？只不過，老實說，我也覺得自己是那種會原諒老公不忠的女人喔。所以，你這個未來人，大概也是估算錯誤了。」

郭天海可以告訴她所有事，唯獨無法告訴她，比起外遇的傷害更傷的那件事。是的，叫木木傷心欲絕的事，他怎麼可以講出口呢。

他只能告訴她：「你剛才說，因為大局已定，人不會珍惜木已成舟的事物。但不是的，就算一切已成定局，甚至事過境遷，我珍惜你的程度，仍是希望可以跟你從頭來過。」

木木感動的看他，甘之如飴地問：「謝謝你，你對我真好……難道你真是從未來回來的人嗎？」

「嗯。」他點一下頭。

「你可以拿出證據嗎？」

他呆一呆，「證據？」

「任何證據也好，要是你真是個未來人，一定可以拿出證據來。」木木邊說邊笑，「要不然，也可以帶我去看那個時光機器啊……會不會就像電影《回到未來》那輛開篷車？」

郭天海張大了嘴巴，過半晌才拍一下額頭，掀出一個服輸了的尷尬笑容來，「真笨，給你識破了！」

「嘿嘿，不客氣！只不過你也說得滿逼真的囉，很配合未來世界館的主題。」木木拍拍胸口，吁口氣說：「但你不要拿離婚來開玩笑啦，我會生氣的。」

「對不起，只是劇情需要啦。」

「需要個鬼！」

郭天海心裏大大鬆口氣，幸好她壓根兒就不相信他的話。

因為，在他的世界發生過的，在她的世界卻是未發生的。率先告訴她兩人最後會分開，那麼，不就等於浪費了中間的流金歲月，他倆到底又有沒有在一起的需要呢？

再說下去，他驚覺只會講多錯多而已。即使預先透露了她會流產的宿命，除了會令她預支了傷心以外，也是於事無補的吧？

所以，在接下來的幾個小時裏，他不再透露任何關於未來的真貌，只是跟木木盡情地遊玩，更吃了一頓非常豐富的自助晚餐。木木全程也表現得很開心，他終於發現，回到過去的真正意義，其實並不是要改變未來，而是要讓自己享受跟對方的每一刻重聚。

晚飯過後，木木去了園內一家賣女裝的服裝店，對樂園幾位吉祥物的衣服愛不釋手，她拿着大批衣服去試身時，跟他說：「不如，你去其他店子走走吧，不用呆等着我啊。」

郭天海知道距離樂園關門的時候，只剩下一小時多而已，他忽然覺得，按照着第三個規條的法則，這也許是離別她的最好時機。

再下去，他不會捨得放下她，但又終須一別。

他正色的說：「好吧，我們很快會再見的。」

「你好像很捨不得我呢。」

「我很想念你。」

「傻瓜，我就在你面前啊。」木木愛睏似地眨了眨眼睛。

「傻瓜，真正想念一個人，對方在你面前，你也會在想念她。」

「真是服了你啦。」這時候，試身室的職員請木木內進，她對他說：「一會兒見。」

「一會兒見。」

目送着木木走進試身室以後，郭天海強忍傷感，馬上朝着白色電話亭出發。路過養着一群白鶴的小湖泊，他默默地拿出了紅絨盒，然後，他從盒內掏出了那一枚指環，把它用力擲進湖裏去，指環在漆黑夜空裏一下就消失了，落水無聲。

無論如何，他不想讓自己有反悔的機會。

那麼，是否就等於，他已經改變了二人的命運？

他很快跑到機動遊戲區，不禁加快了腳步，心裏忖求那片樹林和白色電話亭會重現，千萬別讓他見到滚軸溜冰場。讓他心裏的石頭落地的是，快要走到機動遊戲區的邊界，那片樹林在他眼前出現了。

他充滿激動的衝了進去，不到兩分鐘後，他已找回白色的電話亭，見到那個懸吊在半空的電話筒，他即時把它提起，趕急地說：「我回來了，我想——」

然後，他沒有想到下一句話，而把話筒放回電話機上的這組簡單的動作，就這麼在半空凝住了。

本來一顆心熾熱的他，慢慢地降了溫，他反問自己一句：郭天海，你想怎樣？

你到底想保護木木，還是想傷害她？

仍記得，失去兒子的一天，木木要留院觀察一個晚上，他獨自回到家中，看着那個由小小的書房變身而成的育嬰房，那個掛滿了動物卡通的窗簾、那張粉藍色的嬰兒床、堆到半個人高的尿片，許多的毛公仔和玩具⋯⋯一直表現得冷靜甚至稱得上冷酷的他，終於有種因痛失愛兒而變得無依的悲痛，那種劇痛好像一枝無形的尖矛似的直捅進心臟裏去，見不到四濺的血花，但他可實實切切的感到心血正源源不絕滲漏出來。

他動手把所有屬於兒子的一切，一件一件的丟出垃圾房。到了最後就是嬰兒床，他必須拆卸回一件件零件才可搬走，所以，他拿着螺絲批一個螺絲一個螺絲的鑽出，一邊拆一邊淚如泉湧，幾乎看不清眼前的景象。

翌日，木木回到家裏，一看到嬰兒房已變回了書房，她幾乎是尖叫起來：

「為甚麼要奪去我的回憶？」

「因為，我怕你會觸景傷情。」

「我為甚麼不可以觸景傷情？我們這個從沒機會出世的兒子，你真的可以當作從未存在過嗎？」

「我沒有那個意思。」

「那麼，你把這個房間回復原狀！」

「沒有了，我都丢掉了，拿不回來了。」他呆呆的説：「已經再也回復不了原狀了。」

木木在門前軟軟的癱倒在地上，他只能跪下來，把崩潰大哭的她抱進懷內去。

是的，郭天海問問自己，你想怎樣？

他不可以將木木的幸福作賭注，還有她的兩個兒女呢？若然那個遺憾會補完成真，無論他和她將會（現在）變成怎樣，她大概也會失去了現時（將來）擁有的一切。

木木已經失去過一個兒子，即使兩人可以繼續走下去，由於蒙上了那個可怕陰影，她有可能永遠不想有子女了。對她而言，無論如何也不會是美好的命運。由於她再婚了，那個陰霾才慢慢消散了，讓她再一次鼓起當媽媽的勇氣。

郭天海知道，要是他真的深愛這個女人，就該永遠地放手。因為，他明白一件非常重要的事實：只有他被犧牲了，她才可以獲得真正的重生。

一路走來，讓他自傲的是，他畢竟是愛她愛到最後，而她也是愛他到了愛不下去了，他倆之間從沒有在情感上背叛過對方，沒有一刻的不忠，所以，直至分手也沒有太痛恨對方，彼此只是有默契地分開了。

對一段愛情而言，從一而終走到二人同意放開對方的終點，也是一種莫大的幸福。

這是一次，他和她之間誰較誰重要的較量。結果顯而易見，如果必須挑一個人比另一個人活得好，他會心甘情願的退位讓賢。

假如真有另一種美好的人生，他也決定不要了，只希望把真正屬於木木的人生還給她，別去打擾一個已經非常幸福的她。

郭天海把握着的話筒貼到額頭去，良久良久良久的。然後，他並沒有把聽筒掛回電話機上，不肯完成最後一個程序，而是輕輕鬆開了手，讓電話筒重新吊回了半空。

他將「不如我們重新來過」的傻念頭，正式驅趕出腦袋之外。

然後，他合什着雙手，閉上眼致謝地說：「一切都已經很好了，請不用有任何的改變，謝謝。」

當他再睜開眼，白色電話亭已經不見了，那片樹林也沒了，眼前出現的，是一個仿八十年代的舊墟，有大太陽傘的露天茶座，附近有幾架售賣港式小食的快餐車。看到頭頂上那三盞燈的裝飾路燈，還有坐在傘下吃喝的零星遊客，再低頭看看自己穿着進入樂園時的那一身裝束，他知道自己回到現實世界來了。

去了一趟橫越時空的旅行，他整個人恍神，跌坐到一張膠椅子上，剛才發生的一切，令他如夢如幻。早已不再屬於他的木木，居然跟自己歡度了多出來的愉快的一天，讓他重溫了熱戀時那種溫煦和心動，他心滿意足了。

然後，他突然想起了甚麼，急忙掏出手機，查看一下木木的臉書，見到一切如常，她最新的出帖時間是在今天下午，貼出了她跟老公和一對子女去西貢遊玩的開心照片，一家四口樂滋滋的，笑容燦爛。每次總是默默看完她的發帖就會默默離開的他，這次給了帖子一個讚好。

人生的首次，郭天海不再為了自己的決定而自怨自艾。

他曾經做錯了許多決定，但所有的錯也比不上這一次他做對了的。

然後，他心裏冒起一種歉疚感……對另一個對他來說同樣重要的女人。

他致電給小河，電話在響了半分鐘後被接通了。

「喂？」

「小河。」

「嗯，有事嗎？」

「只想告訴你，我這一天過得非常漫長。」

「你的聲音有點奇怪，發生甚麼事了？」

「沒甚麼，也許，想你了。」

「你沒喝醉吧？」

「沒有，沒有比這一刻更清醒了……我們可以見面嗎？」

「我不確定自己暫時想不想跟你見面。」

「沒關係，我等你。我也會一直纏着你，直至你投降為止。」

「你一定發生甚麼事了吧，不可以告訴我嗎？」

「是的，發生了一點事，讓我嘗試將自己的人生走了一遍，然後，我明白了我和你接下來要走的每一步。」

「我們會怎樣走？」

「因為我們不考慮生兒育女，所以，注定了終將孤獨終老，而無論現在如何逞強也好，總有一天也會期待有另一個同樣害怕孤獨終老的人作伴，我已認定那個人就是你了。而與此同時，我也認定了，沒有人比我更適合你。」

小河在電話那頭寂靜了十秒鐘或更久，她嘆息似的問：「你在哪裏？」

你知道嗎？
要是因為得不到幸福就不肯去愛，
説穿了這份愛其實也沒有多愛。

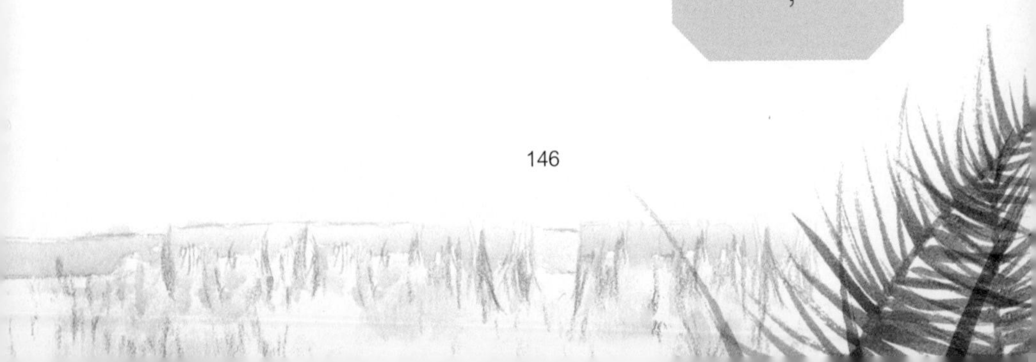

第四章 悲傷的幫兇

要是必須為自己的感情事做個評價，要隱瞞着一個沉痛的人生秘密，應該也是其中的一個主因，直至許多年後，他仍會在噩夢中給嚇醒過來。

於是，他一廂情願地覺得，帶罪之身恐怕也無法帶給身邊人幸福。

今天，童心樂園正式結束營業，結束四十年的歷史。

張大武由樂園開業的第一天起便在此工作，到了今天必須面對樂園熄燈關門，他懷着相當沉重的心情上班，告訴自己，最後一天更加必須打醒十二分精神，全力以赴。

早上九時四十五分，開放給遊人進場之前，身為樂園主管的他，照常地向全體職員作出訓示。雖然，他想過跟員工們講幾句臨別感言，但由於自己一向以公事公辦的嚴苛形象見稱，遂打消了那個「不屬於工作範疇」的念頭。

兩個星期前，總公司決定把樂園關門大吉。消息一出，本來入場人數一直凋零的樂園，人氣馬上回升。前來樂園的遊客都希望把握最後的時光，前來好好緬懷一番。

是的，童心樂園真是很多香港人的童年回憶，也陪伴了幾代人成長。可是，大型主題樂園愈開愈多，慢慢地，童心樂園便成了老土、過氣的同義詞。即使，嘗試作出幾次大型的改革，譬如擁有全亞洲第三高的跳樓機、連續轉三圈再高速滑落的特長過山車，甚至斥巨資擴建了一個未來世界展示館，卻也挽救不了大量流失的遊客。最後，因入場人數逐年下跌，再加上世紀疫情帶來了致命一擊，虧損到了一個無法繼續的地步，最後決定賣給了一個地產集團。樂園馬上便會拆卸，興建一個共四十幢豪宅和一個超巨型商場的大型市鎮項目。

最後一天，張大武叫自己抖擻起精神來，絕對不容有失。

截至中午，他已處理了員工呈報上來的幾個客務問題：包括調停了一單過山車排隊打尖、兩個家庭因排隊而引發的肢體衝突、一宗客戶申請了全年樂園白金會員通行證卻用不了兩個月便結業的投訴，還有一名少女涉嫌偷竊舊墟區內的舊路牌而被逮到的案件。

處理好那宗過山車插隊衝突事件之後，大武正準備返回辦公室處理其他公務。他走出機動遊戲區，準備穿過舊墟區，很快便能返回總部大樓。

當他用慣常的腳步走着，一邊用手機寫信息，跟技術人員確認這晚的煙花安排，然後，差不多就要走出機動遊戲區的範圍，他卻感覺到有甚麼異樣。

是的，在樂園內工作了四十年，他對園內的一切也太熟悉，有甚麼風吹草動，他一定看得出來，無任何事可瞞得過他法眼。

一直垂低頭回覆信息的他，從眼角瞄到前面的景象似有不妥，遂抬起眼來一看，令他登時目瞪口呆。

只見前面相連着「機動遊戲區」的「舊墟區」的區域大招牌不見了，那一條仿照着八十年代大笪地而建的舊墟街道不見了，那些大牌檔、快餐車、太陽傘露天茶座等也不見了，他眼前變回了一片樹林。

是的，大武用了「變回」兩字。

在樂園開幕之初，這個連接着機動遊戲區的地域，本來就是「熱帶雨林區」，原意是給遊人納涼和拍照之用，後來，由於種植的真樹滋生了一連串無法解決的問題，例如引來了太多鳥兒寄居，再加上有毫無公德心的遊人在樹下便溺，最後在開園的第三年，公司高層決定將樹林區剷平改建，換成一個大型的滾軸溜冰場，到了現在又經過改動，變成了標誌着集體回憶的「舊墟區」。

所以，面前的這片樹林就是如此地似曾相識，大武彷彿返回一個時間倒流的世界。

他本來想即時拿起手機，拍下眼前的異象，向公司彙報事件，但他幾乎是第一時間便打消了所有的念頭。

別瘋了，向誰人彙報他眼前所見，年屆五十八歲的張大武也只會被評定為精神失常、老人失智症或思覺失調而已。他每天也會走過舊墟區不下十數次，對一磚一瓦也瞭如指掌。更何況，他今早也曾路經舊墟兩遍，完全不覺有問題。

所以，他最大的懷疑是，樂園結業的打擊太大了，自己的精神出現了問題。

大武走到機動遊戲區結束的交界點，俯身去摸一下樹林的泥地，竟發現那是真正的泥土。他不覺得誰有能力可以做出這等惡作劇，營造一個如此逼真的巨型幻象。

陽光普照的中午，凝望着那個被茂盛樹葉遮擋了強光，因而顯得有點灰暗的樹林，大武理應覺得迷離又恐怖，然而，彷彿甚麼也經歷過的他，竟是好奇多於懼怕。

他心底裏有着一份奇怪的渴望，希望可以從中發現甚麼，腳步不知不覺就被吸引過去了。他是出於自願地邁步向前，穿進一個不可思議的迷離境界中。

他一腳踩到泥土上，感覺就像四十年前，中學畢業後來到樂園應徵成功，初次身穿員工服，踏足那片熱帶雨林區那樣。那種綠林散發的鮮味是如此的熟悉，甚至乎，那種隱藏在樹上的擴音器播出的野鳥的叫聲都一模一樣，讓大武居然有回到了少年的錯覺。

是的，他由十八歲中學畢業便來童心樂園工作，直至五十八歲的這一年，隨着樂園歇業，他也不得不離開了。

未來的路怎麼走？其實他真的不知道。

茫茫然走到了樹林區的正中央，大武終於發現了一件不屬於「過去」的東西——一個白色電話亭。

在以灰綠為主調的樹林內，它顯得格格不入。

大武從沒見過這個電話亭，這四十年以來，他可確定樂園內也沒有安裝過這一類的電話亭。他走近它，恍如看着一台外星來的 UFO 般觀察。電話亭造型典雅，大武嘗試推動它，但發現它紋風不動。他用兩手握着門的兩角，秤一秤它的重量，它恍如落在路邊那種真正的電話亭般沉重。

按照它的重量去推算，非要動用大貨車加上吊臂，才有可能把它搬到這裏來。到底，誰又會費這麼大的勁兒，做這等無聊事？但想深一層，這一片屬於過去的樹林，也是無法解釋的吧。就算運用足夠的人力物力和時間，也不可能在短時間內憑空出現！

無法釋疑的大武，深深吸一口氣，拉開了玻璃門，走進兩個人一同站着也綽綽有餘的亭內。他關上門，沒想到它有很厲害的隔音設計，叢林內連綿傳出的野獸吼叫聲，此刻也完全被隔絕在外。

他好像進入了一個真空密室，只聽得見自己濃重的呼吸聲而已。

看着電話機旁寫着「回到遺憾前」五個大字標題，和下面的三行規條：

① 提起電話筒，說出你希望修補的遺憾。

② 憾事只限發生在本樂園內，你也只能回到造成遺憾的那一天。

③ 在樂園當日關門之前，必須將話筒掛回電話機上，完成整個修正遺憾的程序。

「這是怎樣的？」大武喃喃自語：「修補遺憾？憾事真的可以修補嗎？」

有關，遺憾。

這個電話亭是為他而設的嗎？他一生中最大的憾事，的確就是在這個樂園內發生。使他非常絕望、差點要自殺的一個遺憾。

他想要彌補的憾事，是對誰也有口難言的，只要一說出來，他就會被……定罪。

所以，他一句話也不說，一如平日的古肅着臉，緊握着電話筒。有口難言的他，只能在心裏默唸了一句：

「我希望那場可怕的意外，永遠不曾發生！」

那年是一九八六。

加入童心樂園當員工的第六年，早上十時二十四分，樂園才開放了二十四分鐘，大武接獲主管用對講機通知，要求他馬上趕去機動遊戲區。

路過機動遊戲區和滾軸溜冰場的邊界，只見幾個員工已用螢光警告帶圍封起遊戲區，大武問：「發生甚麼事了？」

一個女員工嚼着口香糖說：「不知道啊，主管叫我們全體聚集在這裏，阻止遊客踏入機動遊戲區。」

大武更奇怪：「沒那麼嚴重吧？雖然，海盜船第三排有兩條安全帶，昨天給遊客惡意剪斷了，但只要關閉海盜船一個遊戲不就好了？工程部的師傅今天前來，很快便能修好啊。」

另一個男員工的表情也很納悶，「對啊，不用勞師動眾，把園內最受歡迎的機動遊戲區全面封鎖吧？一到了中午時分，遊客就會增多，我們一定像狗一樣，被他們罵個半死！」

職位比大家高了一階的大武說：「我去看看發生何事，盡快解決。」

「謝謝大武哥！」員工們齊聲感謝。

大武三步併兩步的走進被嚴密封鎖的機動遊戲區，只見樂園主管和極少露面的董事局副主席一同站在空中八爪魚的機器前，二人神色俱極為沉重……不，這樣形容不對，那感覺遠遠超越了沉重，他們簡直是臉容慘白，全無血色。

大武是個太識抬舉的人，大概因為這樣，他才能在短短六年便火速晉升為高級員工吧。一見兩人的面口，他也即時收起盈盈的笑臉，扳起嚴肅臉，跑到兩位高層跟前等待候命。

主管開口：「大武，你由樂園開張便已工作至今，是這裏資歷最深的員工，我們可以信任你嗎？」

大武不明白這話的意思，但他的腦袋一下子轉不過來，只可以本能地反應：「當然可以相信我！」

主管和董事局副主席互望一眼，他感覺到副主席用眼色向主管施壓。

主管說：「大武，摩天輪剛剛發生事故，除了我們三個人，和負責開動發動機器的小麗，園內不可以有第五個人知道這事。」

大武聽得一陣怔然，完全不明白主管想表達甚麼。

況且……摩天輪可出甚麼意外？在完全密封的車廂裏，遊客連伸出頭來也不可以的吧。

而事實上，開園這六年來，園內發生的大小意外多不勝數。最嚴重的一次意外，是兩年前有個扮演吉祥物老虎先生的女員工，在表演時在戲服內缺氧休克昏倒，送院後返魂乏術。那事件在社會上引發了強烈的輿論，很多人指責樂園刻薄員工，才會導致了悲劇，讓管理層承受了巨大的壓力。

「我們帶你去看看，請保密。」

大武跟隨着二人走向摩天輪，眼前的景象令他永誌難忘。

他抬眼看看十多層樓高的摩天輪，驚覺升到最高端的一個車廂不見了，他再看看地面，那個本來圓形的鐵箱子，墜地時被強大的衝擊力壓毀成半圓，就像在地上給踩過的汽水罐。

車卡四邊的地上全部是鮮血，血湖恍如仍向外慢慢在擴散。

大武覺得臉上的血液彷彿唰地一聲消退。

「這是今天發動的第一班次，除了這一家四口，摩天輪內沒其他遊客，而他們卻偏偏坐上了這一個車廂！」主管的語氣既惋惜，卻又不乏埋怨。

大武呆看着這一幅恐怖畫面，傻瓜似聽着，腦袋嗡嗡作響，作不出任何反應。一想到有四人正在廢鐵一般的車廂內，他失聲地問：「救護車為何還未到達？」

主管和董事局副主席又互望一眼，主管說：「我們檢查過了，四人都死了。」

「全部……死了？」

這時候，有一架黃色的輕型貨車慢慢駛過來，主管說：「我有兩個朋友在食環署工作，專門負責駕駛黑箱車，他們會負責處理這四具遺體。」

主管的意思是，他們準備偷偷運走這一家四口嗎？

大武一時無法接受這個事實。車子在血泊前停下，兩個穿黑色塑膠衣、毫無表情的男子跳下車來，跟主管有默契的打了個眼色，第一時間便開始工作，把大小四人從扭曲的鐵箱內軟軟地抬出，一一裝進屍袋內，過程只要短短十分鐘，車子便開走了。

大武一直在遠處看着整個運屍的過程，雖然觸目驚心，但他很奇怪自己居然並無反胃作嘔的感覺，對他而言，那就像看着一套毫不真實的血腥屠殺電影，一切都很抽離，他不相信那是在他面前發生的事。

看着黑箱車離遠，主管轉向大武說：「我會叫工程車在半小時後用吊機移走車廂。大武，請你和小麗一同清理現場，拖延得太久就會惹人懷疑了。」

大武用好像不屬於自己的聲音回應：「好的。」

主管拍拍他那汗涔涔的肩膊，適當地安慰：「大武，辛苦你了！你要知道，我們是迫不得已才不去報警，死者家屬的善後工作，我們也會好好處理。要是此事曝光了，樂園恐怕是做不下去了。」

主管拍他肩膀的力度是如此地重，大武可感覺到主管也承受不了此事，希望把那份要命的壓力跟他一同分擔。

大武聽見自己不假思索地回答：「我明白了，我會去處理。」

主管和始終不發一言的董事局副主席一同離開，只留下大武和眼前的一片紅海。他這時才猛然驚覺，小麗不知到哪裏去了。

他推開摩天輪旁的控制室的門，只見小麗用雙手抱着膝，軟倒在小房間的一角。當小麗聽見開門聲，嚇得縮成了一團，本來已夠纖瘦的她，身子彷彿變得更小了。

大武無聲走進去，蹲下身對她說：「你沒事吧？」

「我害死了他們！」

「不是，那是意外，沒人預計會發生，根本不是你的責任。」

「不是的，要是我檢查一下——」

「你不是工程部的人員，你檢查也沒用，看不出機件有問題。」

「為甚麼……我會發現不到問題的呢！」小麗兩眼失神散渙，呢喃似的說：「那對兄妹很乖巧，當車廂升上去，在窗口前不斷向我揮手，他們的微笑是多麼的快樂而燦爛……」

大武聽得兩眼發熱，他用力咬一下牙說：「我先去處理一下，很快便回來。」

小麗已承受太多了，他怎麼還能講出找她幫忙的話，她會崩潰的。

他獨自走去水管位，拔出了長長的水喉管，把水力開到最大，將血水沖到附近的溝渠裏去——自從兩年前，升上了一個職階後，他已經不用做這些粗活了。記起樂園開幕之初，足足有四年時間，他就是負責清潔、撿垃圾、淋花和修剪樹枝——沒想到，再次做這項工作，居然是幫忙……毀屍滅跡。

是的，他可以用一千個理由闡釋這件事，但都不敵他心知肚明的這一個，他真的就這樣莫名其妙的，成為了幫兇。

把地面上的血漬盡洗，他又蹲下身來開始清洗車廂。當他看着一枝扭曲至折斷的欄杆，鈎着一小塊薄薄的粉紅色衣布，他終於忍不住流起淚來，然後，他一邊流着眼淚一邊把那塊衣服拔出，讓它隨水沖去。

最後，他依足主管的指示，在半小時內將意外現場清理乾淨，眼見的就只有一個空盪盪的、墜毀了的鐵箱子，和地上的一個水氹而已。吊車依時前來，工人迅速把爛箱子搬上車運走了。這天烈日當空，地上的水漬迅速蒸發，一切很快無跡無痕。

一小時以後，機動遊戲區正式解封，正好趕及在遊客的高峰期，讓一家大細前來繼續狂歡遊樂。只有摩天輪掛上了個「抱歉！今日維修！」的牌子而已。

這宗恐怖意外，就像從沒發生過的那樣。

不，正確來說，根本沒甚麼令人髮指的驚天大意外啊，有的都是道聽途說的另一個都市傳聞吧了。

整個童心樂園內，就只有四個人得知這個秘密，只要四個人也不吭一聲，其他員工全不知情。

主管向大武透露，樂園已秘密聯絡了死者家屬，給了他們一筆相當可觀的安撫費用，換取他們的不予追究，此事就這樣不了了之。

十天後，小麗跳下了地鐵路軌，結束了短短廿三年的短暫人生。

大武繼續不響一聲，整個人卻更深沉了。兩個月後，主管把他再晉升一級，薪金翻近一倍。

大武多次想辭掉工作，可是，離開了這裏，他又能夠去哪裏？他感覺自己的命，已經跟一家四口的命、跟小麗的命懸在一起了，永遠不能分離。

就這樣，這份工作他一直做下來，階級愈升愈高，而他也利用愈來愈重要的權力，將樂園努力管理得更好。十六年後，他正式晉升為主管，接替退休的前主管，管理整個樂園。在樂園內，一年四季也身穿着整齊的深藍色西裝，戴着永遠分秒不差的手錶，以冷酷和強法厲治見稱，處罰和辭退員工也絕不手軟，極少有笑容，幾乎所有員工也不喜歡他，但他不以為然。工作不是交朋友，他只想公事公辦。

在他的嚴格監控下，樂園發生意外的事件大幅降低。最近一次比較嚴重的事故，已是倒數到四年前，跳樓機升到半空突然故障斷電，一行三十個遊人在空中被困大半個小時的機件意外了。

就這樣，這份工作，他一做就做了四十年，由開園的第一天起，直至關園的最後一天止。是幸運加上奇蹟，樂園再也沒發生過甚麼嚴重的傷亡事件。

只有他心裏知道，這一切，是沿於一件令他刻骨銘記的慘痛意外。

是的，不用太多，一件憾事就夠了，一件事就足以困擾他一生。

「我希望那場可怕的意外，永遠不曾發生！」

握着電話筒的大武，在心裏默唸了一句。

一道刺目的金光落在大武面前，讓他無法不閉上眼睛，當那一陣強光逐漸減退，他再睜開眼來，眼前的景象已經截然不同。

他正站在滾軸溜冰場的欄杆外，一名身形高䠷、穿粉紅色冰鞋的長腿少女在他身邊疾馳而過，他感受到她帶來的風速。再低頭看看自己一身裝束，是高級員工專用的米白色短袖制服，再舉起手臂看看自己左手的手腕，並無戴上手錶。

是的，這不是一年四季也不得不穿着白色長恤衫、永遠戴着手錶、西裝筆挺的五十八歲的他。他心裏靈光一閃，再想想自己在電話亭內祈求了甚麼，他頓時明白過來了。

他回到廿四歲來了。

他連忙看看溜冰場看台那邊的大鐘，時間是十時十二分。

——要是，真的可以修補遺憾……

他迅速從腰間的對講機，叫喚摩天輪控制台內的小麗，急急問她新一輪摩天輪發動了沒有，小麗告訴他剛剛開動。

大武大喊一聲：「停下來！」

小麗聲音慵懶地回應：「大武哥，不要玩了！機器剛開動，停不下來啊！」

他提高聲音，幾乎在尖嚷：「馬上按動緊急掣，讓機器停下來！」

小麗好像給嚇倒，她的聲音變得清晰起來：「可是，這不符合程序——」

大武打斷她的話，分秒必爭，斷然地說：「一切後果由我負責，馬上按緊急掣！現在就按下！」

小麗唯有聽命，大武在這邊也聽得見那陣刺耳的煞停聲音，他焦急不安地問：「車廂有沒有掉下來？」

「掉下來？甚麼……掉下來？」

「告訴我，有沒有！」

「沒甚麼掉下來啊。」

「是不是有一家四口在一個車廂內？」

「你怎麼會知道？」小麗說：「咦，那一對兄妹在車廂的玻璃窗前向我猛揮手，他們不明白為何會停下來啊！」

「我馬上趕過來！」

大武衝出滾軸溜冰場，平日只要兩分鐘便行過的短路，這一刻不知因何的變得極其的漫長。終於奔跑到機動遊戲區，他瞧見前面停頓了的空盪盪的十八卡摩天輪，只有一卡有載着正被困在車廂內的一家四口。

幸好，車廂與地面的距離，只是大約十呎左右，及時制止了它繼續升高。兩個眼睛很大的小男孩和小女孩正向大武微笑揮手，在大武看來，那卻像向他求救。他加快腳步趕過去，吩咐在控制室外焦急等候着的小麗，即時準備救援行動。

小麗到了這一刻仍是莫名其妙，她說：「不如，讓摩天輪繞一圈，他們下車不就可以嗎？」

大武又是厲聲地喝罵：「絕不可以！」

一向親和的大武好像變了另一個人，小麗給嚇煞了，她不敢再提議，即時噤聲。

大武趕快的找來雲梯，將一家四口小心翼翼救了下來。當四人都踏實的回到了地面上，大武的情緒才真正落實了下來，然後，他發現自己的心臟一直都在疼痛，剛才緊緊揪住了的五臟六腑，這一刻才移回了原位。

他認真地對小麗叮囑：「摩天輪有非常非常嚴重的安全隱憂，今天一整天也要停用，待維修人員仔細檢測過後才能開放。」小麗只能聽命，趕忙去掛是日修理的牌子。

到了這一刻，大武才放鬆下來了。

他慢慢步到一家四口面前賠罪，以徵詢的眼神問：「不好意思，摩天輪機件出現了少許問題，讓你們受驚了，我代表童心樂園向四位鄭重致歉，也希望可以給你們作出一點補償。」

那位一臉嚴肅的父親，好像很抗拒這些事，他簡單地婉拒了好意：「不是甚麼大事，我們一家人也很安全，不必多禮了。」

見那位父親的一臉堅持，但他身旁的妻子面上卻動搖，鑑貌辨色的大武轉向她：「起碼，我可以帶小朋友去《豬小姐真豬秀》的後台，探望一下幾位主角，跟他們見見面和拍照啊。」

那位母親滿意地說：「真的可以嗎？我兩個小朋友可高興了啊！」她一手搭着一個孩子，兩兄妹臉上都充滿了驚喜。

那個看起來有七八歲的哥哥，懂事的轉向父親：「爸爸，我們可以跟哥哥一起去嗎？」

那位父親該是順從妻子和疼愛孩子的好男人，他只得點頭答應，對大武有禮地說：「那麼，要麻煩你了。」

「一點也不麻煩，童心樂園希望每位貴賓也能享受美好一天。」大武說：「我叫大武，很高興可以成為大家的嚮導。」

大武領着一家人步向《豬小姐真豬秀》的歌劇院，兩兄妹走上來，哥哥問：「大武叔叔，我想問問，為甚麼童心樂園沒有旋轉鞦韆？」

「哦，旋轉鞦韆即是打鞦韆的空中版本，玩者坐在離地幾十公尺的椅子上，以時速幾公里的速度旋轉，風迎面吹來，似是要飛向天空的感覺，還能在乘坐期間環顧四周景色。韓國著名的遊樂場「樂天世界」中就有一台。

大武看看只有一百二十厘米高的哥哥，對他說：「就算有旋轉鞦韆，要求的高度也要一百五十厘米以上，你和妹妹還是不能玩啊！」

「我們總有一天會長到一百五十厘米啊。」哥哥神氣地說：「我跟妹妹約定了，我倆會一起玩旋轉鞦韆，還要高高地揚起雙手，在半空中飛翔。」

大武猛然想起那幅深深烙印在他腦海裏的場面，他用力摔了摔頭，想把那些血淋淋畫面全揮走。他跟兄妹們笑着說：「真的嗎？你們膽子好大啊！」他把自己所知的未來，向他們透露一下：「雖然，童心樂園現在還未有旋轉鞦韆，但三年後會建好一台。」

「真的嗎？」哥哥很興奮。

「真的啊！我們會建的這一台，一次可容納一百人一同遊玩，更有雙人座位，是全亞洲首創的啊！」

紮着馬尾、蹦跳跑着的妹妹也開口了：「聽起來真好玩啊！」身穿着一身粉紅的她，眼睛很大很明亮。

哥哥露出深深的笑窩說：「到了那時候，我倆應該也過了那個身高，可以去玩了啊！」

那位母親在身後聽到三人對話，笑着應和：「你們兩個就是喜歡那些恐怖的機動遊戲，千萬別預我一份！」

哥哥挖苦着說：「媽媽，我和妹妹玩旋轉鞦韆，你跟爸爸玩摩天輪好了！那麼，你們不會嚇死，我們也不會悶死啊！」

大武聽得笑了起來，他跟一家說：「你們以後前來樂園遊玩，只管來找我就好了。」他見一名員工剛好迎面路過，說話略停一下，待員工走後，繼續說下去：「我可以給你們一天的白金會員快證，你們去到園內的各種設施，也不用費時失事的排隊了。」

那位父親用沉穩的聲音回絕：「這做法不大好，怎好意思呢。」

大武哄騙着說：「其實，樂園會給每位員工派發一疊免費的快證，我那些用不完，所以千萬別客氣啊。」

那位母親受寵若驚說：「那麼，先謝謝你啊！」

「只要找大武就可以，何年何月何日前來也可以，我非常喜歡這份工作，預計自己還會做一段非常漫長的時間。」

那位父親欣賞的點了點頭，轉向兩兄妹教導一句：「你們看看大武哥哥多勤奮。」

大武不好意思的笑了。

每天首場演出的《豬小姐真豬秀》在十一時正開始，由於它是樂園其中一個必看的重點節目，開場前的半小時，歌劇院外已便排了長長人龍，在烈日當空下，眾人也苦不堪言。大武帶四人直接由員工通道進入，給他們安排了最好的第一行座位。

舞台劇開始了，大武站在一角默默凝望着一家四口，爸媽和子女也掀着笑臉，跟毀爛車廂前血淋淋的那一幕，彷彿在他眼前相疊了，他是好不容易才讓自己忍住了喜悅的眼淚。

他真的太高興了，雖然表面上一點也看不出來，但他高興到幾乎整個人瘋掉。

這時，主管走到大武身邊來，用大興問罪的語氣說：「我接到摩天輪緊急煞停和暫停開放的報告，小麗說是你下的指令，請問出甚麼事了？」

此時此境的主管，一定無法想像，他「曾經」做了多麼殘酷的事。

大武平心靜氣的告訴主管，他親眼目睹開始上升的摩天輪車卡，連接着車廂的鐵枝疑似有異常不穩的跡象，一家四口正坐在搖搖欲墜的車廂之內，負重又增添了更多的風險，只怕一出意外會大為不妙。為了維護樂園的權益，雖然超出他的職權，他仍然決定要斷然決定制止這場危機，並要求機組人員深入徹查。至於另一個危機，就是恐怕這家人到處宣揚樂園的機動遊戲並不安全，所以這一天要禮待他們。

主管聽完後，再看看座上的一家四口，他的語氣放軟了：「上次有員工在戲服內猝死的事件，已經嚴重影響了樂園的形象。這一次，你一定要將事件壓下來，千萬別讓這一家人向外胡言亂語。大武，你今天唯一要的工作，便是好好安撫他們吧。」

大武在心裏冷笑一下，他早已見識過主管的手段了。他順從地說：「沒問題，包在我身上。」

表演過後，大武安排一家四口進入後台，哥哥擁着豬小姐，妹妹則擁着老虎先生又抱又錫的拍照，那位性格活潑開朗的母親也走過去合照，三人開心得嘻嘻大笑，讓後台所有員工也感染到歡笑的氣氛，起勁地逗這幾位特別來賓的歡心。

反觀，那位父親只是靜靜站在一邊看着他的家人，始終表現拘謹。大武看得出，他是個愛家的內斂男人。

之後，大武充當了親善大使，領着一家四口去玩各項設施，不必受排隊之苦，令他們多了時間玩很多個景點，非常的盡興，兩兄妹更是全程也發出高亢的笑聲，笑不攏嘴。

一直到傍晚時分，大武把一家人帶到吃自助餐的西餐廳去，給他們安排了全個餐廳最佳的位置。四人的座位旁就有一座豬小姐和老虎先生的大型冰雕，再配合用乾冰營造出冒白煙效果和七彩的打燈，讓進食的氣氛特別熾熱高漲。

大武知道，他帶大家把園內所有景點也走遍了，也是時候引退，不便一整天在打擾。在接下來的幾個小時，讓他們一家人逛逛，享受天倫之樂。

「好了，今天的嚮導行程完畢了。為了表示謝意，樂園經理送出了這頓晚飯，敬請笑納。希望大家也喜歡這次的樂園奇妙之旅。」

兩兄妹異口同聲地說：「大武叔叔，謝謝你！」

大武嘻嘻笑說：「你們兩個很乖，但你們以後要叫我大武哥哥，我可比你們想像中還要年輕的啊！」

依依不捨的跟四人道別，走出西餐廳，他恍若所失的。

這一天的一切始終疑幻疑真，大武開始害怕是做夢或一場幻覺，當下一秒幻象消失了，原來一切並無改變過……若是這樣，他相信自己一定會死去。

他知道自己必須盡快回到樹林內，找到那個白色電話亭，然後，一如它所示的，把電話筒盡快放回電話機上。

正當他正想邁開大步前去，有人在身後喊：「大武。」

他轉過身去，意外地發現是那位爸爸。他走過來，把一張寶麗來即影即有的照片遞給大武：「大武，送你這一張照片。」

大武接過照片，是一家四口、大武、豬小姐和老虎先生在後台的大合照。是的，大武見這位好爸爸一直站一旁，就主動拉了他過去，才促成了這張大合照。

大武問：「我拿了這張，你們不是沒有全家照了嗎？」

「拍了兩張，我們拿一張，你拿一張。」孩子的爸看着大武，由衷地說：「大武，感謝你給我們一家人難忘的快樂時光。親子的時間是愈來愈少了，對我來說，今天真是無價。」

大武聽見這一句，心裏激動不已，這位爸爸不是那種很輕易把感情外露的男人，所以，他這一刻的感謝是真正發自內心的感謝，也必須清楚表達出自己的謝意才能兩不拖欠。否則，他實在沒有追出來的必要。

那是兩個男人之間不言而喻的默契。

大武低頭再看照片一眼，他也真心地說：「你們是我在樂園裏見過最溫馨的一家人。」

「未來的你，也會擁有一個溫暖的家。」

「不會啦，其實……我很害怕小朋友。」

是的，後來，大武拍過幾次拖，但最後都是無疾而終的，更別說組織一個家庭了，到了五十八歲仍是孑然一身的單身漢。

要是必須為自己的感情事做個評價，要隱瞞着一個沉痛的人生秘密，應該也是其中一個主因，直至許多年後，他仍會在噩夢中給嚇醒過來。於是，他一廂情願地覺得，帶罪之身恐怕也無法帶給身邊人幸福。

「沒這回事，我看得出，你很喜歡小朋友。」孩子的爸微笑一下，透露了自己的一個小秘密：「以前，我也以為自己害怕小朋友，甚至說是討厭吧。但當自己有了孩子，才發覺自己真的很愛小朋友，甚至愛屋及烏，連其他孩子也一樣愛惜。」

「我會好好記住你的話。」

「請你相信我，你將來會是個好爸爸。」他意味深長地說。

「謝謝你。」

孩子的爸步回西餐廳內，拿着照片的大武，感動之情歷久不散。

然後，他趕緊腳步，當走進了機動遊戲區，他的心跳一直加快，不知道那片樹林會否再出現，要是不再出現又會怎樣。他忐忑不安的走過摩天輪，再走過邊界處的迴轉木馬的遊戲，眼見前面出現了一片綠木，他感動得想哭。

是的，恍如有甚麼可以感應到他的祈求，魔幻樹林重現了。衝進林內，不消兩分鐘便看見到了白色電話亭。走到電話亭之前，沒有信仰的大武，卻用一雙膝蓋跪到地上去，然後，向電話亭恭恭敬敬的叩了三個頭，每個也敲得砰砰作響。

突然得到這個修補遺憾的機會，與其說是一種奇遇，不如說是他的心念給某個神明聽到了，遂決定幫他實現那個願望。

然後，大武走進亭內，拿起那一個懸吊在半空的電話筒，向着聽筒說：「謝謝你，雖然我不知道你是誰，但仍是非常的感謝。只要可換回他們一家平安無恙，我願意付出任何代價。只要能夠替他們續命，用我的生命去交換也沒關係。」

他把孩子的爸送他的合照放到電話機前，朝着一家四口微笑了一下，眼睛又濕潤起來。然後，他把電話筒放回電話機上去了。

一陣金光閃現，當他再睜開眼來，發現自己正站在舊墟的用餐區，那一枝模仿澳門名勝三盞燈設計的路燈就在身旁。夜幕低垂，頭上的三盞黃燈泡皆已亮燈，他垂眼看看自己一身寶藍色西裝和戴着的手錶，知道自己回到現在了。

現在，就是樂園結業的一天。

這時候，負責清潔和向遊客派發清涼濕紙巾的女工瓊姐，挽着竹籃向大武走過來，她一直笑臉盈盈的，讓他不禁一陣驚訝。瓊姐每次見到他都如見瘟神，若不是遠遠便繞路兜着走，就是逼不得已的必恭必敬說一句：「張主管你好。」然後，又趕緊的垂下頭，繼續清潔去了。

瓊姐走到他面前，直視着他的面孔，關心地說：「大武哥，你的額頭有污漬，我替你抹一下！」

她從竹籃拿出一張新的濕紙巾，就在大武額頭上拭拭印印的，然後把沾滿灰泥的污紙巾給他看看，帶着風情地笑問：「大武哥，你剛才去了哪裏，為甚麼會沾到滿額泥沙的呢？」

大武只能嗯嗯地漫應，尷尬的說了謝謝。

在樂園內，已不知有多少年未聽過有人喊他「大武」或「大武哥」了。是的，打從他幫手毀屍滅跡的那天起，他的笑容便從此消失了，變成一個封閉心靈的人。下屬們素知他公事公辦、不好親近的硬朗性格，誰都對他敬而遠之，哪管服或不服，總是尊敬地稱呼他「張主管」。

從來沒有員工會親近他，從來都沒有。甚至說，他懷疑自己臉上有污漬，誰也不會告訴他，儘管讓他出醜就好了。所以，感到匪夷所思的他，隱約察覺到事情有甚麼不同了。

就在他心情茫然之際，距離煙花匯演還有五分鐘便開始的廣播響起，他頓時清醒了點，打起精神要把剩下的工作做好。

是的，煙花匯演在八時半開始，八時四十五分結束。再過多用來疏散人群離開的十五分鐘，樂園在九時正便正式關門。

走出舊墟區期間，在車仔檔看店的員工、幫遊客做免費手蠟的員工，皆一一向他親切的打招呼，有些更會大聲叫「大武哥」。大武由一開始的不知所措，慢慢就變得習以為常，甚至很享受這種團體士氣，和每個跟他親切打招呼的員工微笑揮手。

就在他跟一個大聲喊「大武哥」的女職員打招呼後，一個剛好擦過大武身邊的男人，彷彿被這個稱呼震動了，他停下了腳步，神情驚訝到無以復加，好像發掘了寶藏的說：「大武哥？」

大武記不起面前的男人是誰，他也沒有穿制服，所以，大武只能向他揚手示好，然後，男人說了一句話：「大武哥，你不記得我了？我是那個叫你大武叔叔的小男孩！」

大武像中彈般的怔住，他瞪大雙眼，看到了男人微笑時深深的酒窩，過半晌才說：「你是我從摩天輪抱下來的小男孩！」

兩人恍如隔世的相認，互相問好，大武忍不住問：「令尊令堂和小妹妹都好嗎？」

「有心，大家也很好啊。」長大了的小男孩說：「上個月是我家父八十大壽，我和妹妹搞了一場盛大的喜宴，家父非常高興。」

大武鼓起勇氣問：「雖然這樣說很唐突，但可以給我看看你們的近照嗎？」

長大了的男孩神態輕鬆地打開了手機，在相片欄上選了一張，「除了家父家母，我的兩個兒子、我妹妹的兩個女兒，和她剛出世的男嬰也來了。」他用指頭指着相片上的一個個人頭，相比起之前不久才見過的一家四口，相中的爸爸媽媽都變成鬢髮魄然，但仍不失優雅。而那個束馬尾蹦蹦跳的小妹妹，已經成了一位美麗的少婦，但他還是一眼便辨認出來了。

只有親眼見到相片，只有親眼見到面前的小男孩，大武心裏才有一種一錘定音的感覺，他甚至覺得自己在這一秒鐘馬上便可安樂地死去，帶着微笑入土為安。

因為，他真的如願以償，修補了發生在這樂園內的遺憾了。

然後，影響無遠弗屆的，再影響了下一代人。

大武感觸說：「就這樣過了那麼多年了。」

「雖然，過了多年，但家父多次提及你。」

「咦？」

「家父總是告訴我們，大武哥是一個良好的榜樣，對工作盡責，真誠待人，也富有一顆赤子的熱心，我和妹妹也一直謹記他的教誨，跟你學習。」

大武聽得熱淚盈睫，「謝謝令尊。」

這時候，長大了的男孩的手機響起，他接聽後說：「大武哥，我老婆催促我回去了，她要我幫兩個兒子好像要拍一些放煙花的影片，放上面書打卡騙讚。」

大武記起孩子的爸的話，他笑着說：「快去吧，孩子很快長大，親子的時間是愈來愈少了，每一刻也是無價。」

「大武哥，很高興再見到你。」

「能夠認識你一家人，是我人生中最大的榮幸。」

兩人一同伸出手來，用力的握手，然後愉快道別了。

然後，大武跟技術人員堅密配合，監督了最後一次的煙花匯演，是日夜色清朗無雲，煙花的能見度超過九十巴仙，為煙花而特選的音響效果也沒出錯，一切配合得天衣無縫，十五分鐘的煙花演出，在遊客也歡呼了足足十五分鐘後，在一片巨大的掌聲中完場。

完成最後一個重要任務，大武知道，這個樂園再也不需要他了。

樂園即時在十五分鐘後關閉的廣播響起，遊人們都一臉滿足的離開，當最後一個遊客也離場，大武見證着那一道藍色鐵柵永遠關上了，樂園熄滅了燈光，一切曲終人散。

樂園的員工和很多不捨的遊客們，都聚集在變得灰暗的樂園門前拍照留念，作為一個由「開國」戰鬥到「亡國」的大武，更見證到一家四口別來無恙，只覺圓滿落幕，他的人生再無遺憾。

就在這時候，一個女人慢慢步向他，一直笑盈盈地看着他，那雙眼眸有如溪水般清澈。

女人的笑意讓大武感到如此似曾相識，恍惚之中，她已走到他面前，他終於看清她左下巴有一顆小小的痣。

是一個他差點便忘記了的人，小麗。

對了，要是那宗意外並沒有發生，那麼，小麗就會——

「張大武先生，我來接你放工，你應該很開心吧？」

大武只能怔怔地凝望着小麗，他很抱歉自己一次又一次只能有同樣的反應，可是，那種頃刻間的真假難分，令他又是反應不來。

小麗見他反應奇怪，了解似的一點頭，體諒地說：「很捨不得對吧？我也明白的。我廿年前辭職的時候，也是同樣不捨的啊。」

他總算騰出一句回應：「你辭職了啊？」

這次，輪到小麗發愣，然後，她一副沒好氣，「對啊，為了你，我才不得不辭職了。」

「真的嗎——」不知內情的他，只好裝傻扮懵：「我這個人真的太善忘了……真笨，你當時辭職是為了何事啊？」

「你真的忘記了？」小麗乾瞪着他。

他抓抓頭皮，陷入解不開謎底的窘態，只好不動聲色的說：「正如你說的，畢竟也是廿年前的事了吧……但你可以給我多一點提示啊。」

大武想知道更多。是的，當他發覺身邊所有人對他的態度也不同了，他是不是也生活得輕鬆愉快一點了呢？性格影響命運，他應該也有一個連自己也意想不到的人生。

「提示嗎？」小麗的眼珠子一轉，似想到甚麼好點子。她拿出手機撥出一個視像電話，然後把手機遞到他手上，「這就是最大的提示。」

視像電話接通了，一個長髮少女出現在熒幕上，背景是一片廣闊的街道和英倫風的校舍。少女見到大武便高興地說：「爸爸，你怎麼那麼早打來啊！對啊，在香港時間，這該是童心樂園的最後一夜啊，你是打來哭訴的呢！」

大武以手摀住了口鼻，說不出話來。

爸爸？

小麗靠到大武身邊去，跟大武一併在手機熒幕入鏡，邊笑邊說：「你快告訴你爸爸，廿年前甚麼大事發生了？」

「媽媽，你搞甚麼啊？難不成你想替我提早慶生？我還有三個月才生日啊！你們是否記錯了？」

媽媽？

大武側過頭瞪着小麗，小麗也看着他說：「健忘的你，現在記起來沒有？我在懷孕到六個月的時候，你用無尚官威迫使我辭工，堅決要我在家裏安胎。」

這時候，一陣鐘響從手機的背景的學校傳至，少女喊：「爸爸媽媽，我要上課了，放學後再談啦！」

大武連忙制止少女掛線，「請問——」

「爸爸，你現在是途人在問路嗎？你問啦，不用請問啊！」她開朗地笑。

「請你……不，你可不可以回答我一個問題？」

「爸爸，問啊。」

「我是個好爸爸嗎？」

少女的神情有點呆住了，然後她很快回復笑臉的說：「再來一次，我還是會選擇做你的女兒。」

「謝謝你。」

「放學後再打給你們，拜拜囉。」

少女掛線後，大武把身子轉向小麗，正色地問：「我們結婚了，有了一個女兒？」

「張大武先生，你今天好奇怪啊！」小麗嘆口氣，用安慰的聲音說：「不過我也明白，你要離開工作了一輩子的地方，一定會悲從中來，甚至有點失常吧！所以，我特地來接你放工了……我很體貼吧？」

「真的太體貼了。」

大武怔怔的，承受不了巨大的幸福。

三十四年前，得知小麗跳軌自殺的當晚，大武也在家裏割脈了，用美工刀在左手的手腕狠狠劃了兩刀，鮮血瘋狂湧出，濺滿整個廁所的地板，讓他想起了墮毀的車廂前的一幕。然後，在意識逐漸變得模糊的一刻，他毅然拿起手機報警了，他知道自己暫時還不能死掉。

因為，比起死去更難受的，就是每天痛苦地過活。他希望重重的懲罰自己，割脈的死法太快也太痛快。

在醫院裏，醫生替他止血和替傷口縫針，他拒絕打麻醉針，靜靜看着醫生在他皮開肉綻的手腕間，一針一針的縫上，針頭每一下刺穿皮膚，他都覺得痛徹心扉，可是，這就是他但願的活該。

醫生問：「你的傷口割那麼深，尋死決心那麼大，你發生了甚麼事？」

他只是慘白的笑笑。

他終於明白了小麗的心情，她說自己害死了四個人，她就是害死四個人了。而他總共害死了五個人，痛苦活下去就是他應得的報應。

他自殺的事，誰也不知道。在那天之後，他每天都穿着長袖衣服、長年戴着手錶上班，遮掩着這個血的紋身。

這時候，一眾員工發現了大武和小麗兩夫婦，起哄地吹起口哨來，大聲地喊：「大武哥，吻她！吻她！吻她！」

大武忍俊不禁，苦笑着反問大家：「我現在看來像舉行婚禮嗎？為甚麼要吻她？」員工們仍是歡笑地堅持，呼聲更大。

小麗凝望着大武説道：「其實，我半點也不介意你這樣做……不，我很想你這樣做，在這個很特別的時刻，給我來一個世紀之吻。」

大武的笑臉凝住了，用不明所以的眼神看着她。

她意味深遠地點了點頭，説：「秘密就是，我們都是老夫老妻了。」

大武心裏坦蕩蕩的，湊過頭去，吻上了小麗的嘴巴。

眾員工爆出了拍掌聲和喝彩，大武把小麗溫暖的抱進懷內，她不是一具冷冰冰的屍體，他可感受到她的體溫和心跳。他把頭重重按在小麗肩膀上，説了一句：「你知道嗎？守住一個秘密真的很痛苦。」

二人在眾員工的擁簇下緊緊擁抱。悔恨了大半生的他，罪疚感逐漸剝落。一把年紀的他，卻有種重生的感覺。

這是他第二段生命的第一天。

光是聽到你安好的消息，
我就淚流了一臉，
真是個傻瓜哦。

可是你明白嗎，
回到我眼前，
告訴我你還在……

讓我哭得一塌糊塗的是，
你令我覺得這些年來的苟且偷生
並不是全無意義。

天地
www.cosmosbooks.com.hk

書　　名　回到遺憾前
作　　者　梁望峯
責任編輯　王穎嫻
美術編輯　郭志民
協　　力　林碧琪　Key
出　　版　天地圖書有限公司
香港黃竹坑道46號新興工業大廈11樓（總寫字樓）
電話：2528 3671　傳真：2865 2609
香港灣仔莊士敦道30號地庫（門市部）
電話：2865 0708　傳真：2861 1541
印　　刷　亨泰印刷有限公司
柴灣利眾街27號德景工業大廈10字樓
電話：2896 3687　傳真：2558 1902
發　　行　聯合新零售（香港）有限公司
香港新界荃灣德士古道220-248號荃灣工業中心16樓
電話：2150 2100　傳真：2407 3062
出版日期　2022年7月／初版

（版權所有・翻印必究）
©COSMOS BOOKS LTD. 2022
ISBN ：978-988-8550-17-3